KB059214

과연,
그건 확실히 이상한걸.

I see, that's certainly strange.

리리엘

「골동품점 리리엘」의 주인.
기물을 해주할 수 있는 신비한 숙녀.

안녕하시옵니까.

예이이옵니다.

쿠로에
기사 헬리카가 만든 기계인형.
예물화되었고,
자신가에 말을 잘한다.

시로나
기사 헬리카가 만든 기계인형.
차분한 성격으로,
태연한 말투.

©Azure

Riviere and the nation of the prayer

+ CHARACTER

꼬⋯⋯꽃다발을 좋아하시나요⋯⋯?

앙리

「기도의 크롤넬비아」의 치안을 지키는 보안국 직원. 기물이 관련된 사건 사고를 담당하고 있다.

뭐, 편리한 힘은 지나치게 사용하면
나름대로의 대가도 있다, 라는 거지……

어서 어른이 되고 싶어……

머리카락을 휙 넘기는 그녀.
무리하게 어른인 척하는
조숙한 여자아이 같아……

©Azure

눈을 반짝이는 맥밀리아 씨.

어떻게 그렇게 잘할 수 있는 건가요?

그렇게 그녀는 제게 물었습니다.

그런 그녀를 보며 저는 키득 웃고,

한마디 답했습니다.

후후후, 글쎄요. 어째서일까요?

대단해

기도의 나라의 리리엘
Riviere and the nation of the prayer

CONTENTS

◆ ⋯⋯⋯⋯⋯⋯⋯⋯⋯⋯ ◆

©Azure

기도의 나라의 리리엘

Riviere

and the nation of the prayer

PRESENTED BY SHIRAISHI JOUGI   ILLUSTRATION AZURE

2

Shiraishi Jougi

시라이시 죠우기

Illustration

아즈루

커버 및 본문 일러스트 아즈루

오늘, 우리 취재진이 찾아가는 곳은 기도의 크룰넬비아의 대로변에 있는 오래된 골동품점.

골동품점 리리엘.

국내에 현존하는 골동품점 중에서 가장 오랜 역사를 자랑하는 이 골동품점에서는, 크룰넬비아의 역사와 함께 걸어온 기물(祈物)들이 다수 판매되고 있습니다.

그럼 바로 안으로 들어가 보죠.

"어서 오세요!"

문을 열고 들어간 취재진을 맞이해준 것은 이 가게의 종업원 맥밀리아 씨. 나이는 대략 20대 중반 정도. 갈색 머리카락과 밝은 표정이 매력 포인트.

"골동품점 리리엘에 오신 것을 환영합니다!"

카메라를 향한 것은 멋진 미소를 띤 얼굴. 이 얼마나 큐트하고 러블리한가요. 취재진은 카메라 셔터를 눌렀습니다.

오늘 취재에 사용되는 카메라는 그 자리에서 사진을 현상할 수 있는 기물. 셔터를 누른 순간 취재진의 손으로 사진이 떨어졌습니다.

완성된 사진을 확인하는 취재진.

화면 속에서 미소 짓고 있는 그녀는 기물 전문가.

오늘 투어 안내인인 그녀에게 우선은 이 기물이란 대체 무엇인지 설명을 듣도록 하죠.

"좋은 질문입니다!"

예이! 하고 화색이 만연한 모습으로 맥밀리아 씨는 답했습니다.

"기물이라는 건 기도가 걸린 물건을 가리키는 말입니다. 이 나라에서는 곤란한 일이 생기면 대성당에서 기도를 올리고 비는 풍습이 있잖아요? 기물은 그러한 기도가 부여된 물건을 말합니다."

과연.

즉, 이 가게에 있는 물건은 전부 보통과는 조금 다른 효과를 가진 물건, 이라는 건가요?

"좋은 질문입니다!"

예이! 하고 다시 화색이 만연한 모습으로 맥밀리아 씨는 답했습니다.

"바로 그렇습니다! 저희 가게를 포함해, 골동품점에 진열되어 있는 것은 전부, 기도를 이뤄준 후에 주인의 손을 떠난 기물들입니다. 저희 골동품점은 이런 물건을 모아서 사람들의 생활에 도움이 될 수 있도록 밤낮으로 활동하고 있답니다."

과연.

애초에 크룰넬비아상(像)에 기도를 바쳐도 이뤄질 확률은 매우 희박. 그렇다면 새롭게 기도를 올리기보다 기존 기물을 다시 쓰는 편이 효율 좋다, 라는 것이로군요?

"좋은 질문입니다!"

리액션 레퍼토리가 너무나도 적어서 쓴웃음을 짓고 있는 취재진을 눈치채지 못한 채 맥밀리아 씨는 답했습니다.

"바로 그렇습니다!"

게다가 틀에 박힌 대답. 취재진이 얼굴에서 표정이 사라진 순간이었습니다.

가게 안으로 카메라를 돌리고 셔터를 누르는 취재진.

널따란 가게 안에 진열된 것은 우산, 가위, 비녀, 항아리, 거울, 가면—— 언뜻 보면 그저 오래된 물건을 긁어모아 둔 것 같기도 했습니다.

그러나 그 전부가 기도의 힘이 깃든 물건입니다.

"참고로 우리 가게에서 취급하는 건, 누구라도 쓸 수 있는 안전하고 편리한 기물뿐이랍니다!"

카메라 렌즈에 꽉 차게 억지스러운 미소를 지으며 들어오는 종업원 맥밀리아 씨.

"저희 가게에서 편리한 기물을 사보시겠어요?"

그 기물을 찍고 싶건만 카메라를 가득 채운 것은 맥밀리아 씨의 얼굴. 취재진은 몹시도 당황하며 카메라를 좌우로 흔들었습니다. 소리 없이 '방해됩니다'라고 말했습니다.

"응? 예이!"

취재진을 향해서 브이를 해 보이는 맥밀리아 씨. 전해지지 않았어. 취재진은 의사소통의 어려움을 여기서 실감했습니다.

다른 이야기입니다만, 기도의 크룰넬비아에는 다종다양한 종족이 모여 살고 있습니다. 수인, 인간, 엘프 등등. 작은 섬나라에서 많은 종족이 다투는 일 없이 평화롭게 살 수 있는 것은 어째서일까요?

불편을 들어주는 기도가 있기 때문.

그것도 이유 중 하나일 테지요.

그러나 취재진은 이렇게 생각합니다.

서로를 용서하는 마음── 박애 정신이 기도의 크룰넬비아에 사는 사람들의 마음에 깊숙이 자리 잡고 있는 것은 아닐까, 하고.

"예이! 보이나요? 이 성냥 기물은 엄청난 효과가 있는데, 무려 켜기만 하면 원하는 환상을 볼 수 있답니다! 하나 어떠신가요?"

정작 중요한 성냥이 보이지 않을 만큼 화면 가득하게 비춰지는 맥밀리아 씨.

박애 정신.

취재진은 마음속으로 그런 말을 외며 카메라를 조작했습니다.

그 후로 몇 번이고 카메라를 기물 쪽으로 돌릴 때마다 그녀는 억지로 렌즈 안쪽으로 들어와선 "이건 말이죠──" 하고 다 안다는 얼굴로 설명을 시작했습니다.

박애 정신.

"실례지만, 기물 설명은 그만 됐으니 사장님을 소개해주시겠어요?"

포기했습니다. 취재진은 에둘러 "카메라에 다가오지 말아 주시겠어요?"라고 말했습니다.

"이런, 그러네요!"

전해졌나 봅니다. 맥밀리아 씨는 가게 안쪽으로, 창고에서 작업하고 있던 사장님을 부르러 갔습니다.

안도하며 가슴을 쓸어내리는 취재진.

마치 공부 중인 아이를 부르러 가는 듯한 가벼운 느낌으로 창고 문을 여는 맥밀리아 씨. 그리고 안쪽을 향해 두세 마디를 건넨 다음, 그녀는 "자, 자, 이쪽으로 오세요!" 하고 손짓했습니다.

"취재하러 왔다는 이야기는 이미 해뒀으니까요!"

후다닥 찍어주세요! 하고 맥밀리아 씨는 자신만만한 얼굴로 카메라를 돌아보았습니다.

취재진은 카메라를 들고 자세를 잡았습니다.

그리고, 문이 열리고──.

"정말이지, 뭐? 취재? 그런 걸 한다는 얘기 못 들었는데──."

불만스레 입을 삐죽 내밀며 창고에서 나온 것은 너무나도 아름다운 붉은 머리카락의 여성. 그 아름다움에 압도된 탓인지 셔터를 누르는 타이밍이 조금 늦고 말았습니다.

완성된 사진의 상태가 별로인 것은 그 탓일 겁니다.

"우와, 이상한 사진."

옆에서 보고 있던 맥밀리아 씨의 느긋한 목소리가 울렸습니다. 글쎄, 거기에 찍힌 것은 창고 문 앞에서 약동하는 붉은 그림자! 너무 흔들려서 영 쓸 수가 없었습니다.

취재진은 사장님인 리리엘 씨에게 사죄한 다음 재촬영을 부탁했습니다.

"하아…… 정말이지, 대체 뭐야?"

성가시다는 듯이 얼굴을 찌푸리는 사장님 리리엘 씨. 바쁜 중에 불려 나와서 귀찮아하고 있는지도 모릅니다.

이번에야말로 실패할 수 없다── 취재진은 초점을 맞추고 셔터를 눌렀습니다.

완성된 것은 책상 위에서 약동하는 붉은 그림자였습니다.

"…………."

이번에야말로 성공할 테니까, 하고 취재진은 다시 평범하게 사과했습니다.

세 번째엔 보통 성공하는 법입니다, 하고 취재진은 카메라를 들었습니다.

그러나 두 번 생긴 일은 세 번도 생기는 법.

역시 완성된 것은 카메라 안에서 날뛰는 붉은 그림자였습니다.

"그런…… 어, 어째서……?"

여기에 이르러 처음으로 경악하는 취재진. 노력했는데 어째선지 찍을 수 없다. 마치 미확인 생물이라도 쫓고 있는 것만 같은 기분입니다.

이래서는 취재 같은 걸 하고 있을 때가 아니다── 취재진은 그 자리에서 머리를 끌어안고, 고민을 시작했습니다.

그러던 중의 일이었습니다.

"네, 잠시 중단!"

취재진이 고개를 들자, 거기에는 심각한 얼굴을 한 사람이 한 명.

이번 취재의 발안자.

맥밀리아 씨 본인이었습니다.

◇

"정말이지! 진지하게 해주세요. 리리엘 씨."

나는 뺨을 부풀리면서 리리엘 씨를 째려보았다.

"애초에 이번 취재는 리리엘 씨의 제안에서 시작된 거잖아요? 제대로 화각 안에 들어가 주지 않으면 곤란하다고요!"

사건의 발단은 지금으로부터 며칠 전.

평소처럼 홍차를 마시며 느긋하게 지내던 중에 리리엘 씨가 "골동품점의 인지도를 높이고 싶다"며 내게 상담해 온 것에 기인한다.

솔직하게 말하자면 골동품점 리리엘을 비롯한 기물을 취급하는 가게의 집객률은 그리 높지는 않다. 높지는 않다고 할까, 대낮부터 느긋하게 홍차를 마실 수 있는 시점에서 지나치게 한가하다 해도 좋을 정도였다.

그래서 필시 이전에 신문사 등에서 일한 경험이 있는 내게 화제가 되려면 어찌해야 하는지를 물은 것이리라.

물론 나는 경험을 바탕으로 이렇게 대답했다.

"집객률을 높이고 싶다면 열심히 선전 활동을 해야죠!"

──라고.

인지되지 않으면 존재하지 않는 것이나 마찬가지이며, 존재하지 않는 가게에는 사람이 모이지 않는 것도 또한 당연한 이야기.

즉, 돈을 벌기 위해서는 우선 이름을 알리는 것이 대전제.

"그런고로 골동품점 리리엘 취재를 유치하도록 하죠!"

그러한 흐름으로 나는 가게 비품 중에서 기물인 카메라를 빌렸고. 소재로 가게 안 상황을 가능한 한 자연스럽게 찍기로 했다.

취재반으로 카메라를 들어준 것은 친구 중 한 명, 프레이아. 마침 하굣길에 골동품점에 들른 것을 내가 붙들고 부탁했다.

그녀는 내 제안을 흔쾌히 받아들였고, 카메라를 들고서 나와 가게를 찰칵찰칵 찍어주었다.

"완성된 사진, 봐도 될까?"

"응."

고개를 끄덕이는 프레이아.

사건 후, 학교에 복귀한 지 이제 한 달 정도가 된다. 학교생활에는 익숙해졌는지, 친구도 생겼다고 이야기해주었다. 내게도 존댓말을 썼었는데, 지금은 그러지 않는다. 평범한 친구 중 하나로 대해주고 있다.

그런 그녀가 찍은 사진들을 보는 나.

가게 안의 모습을 찍어달라고 했을 터인데——.

"왜 내가 이렇게나 찍혀 있는 거야?"

"피해도 렌즈 안으로 들어오니까……."

말해달라고…….

흥분한 나머지 너무 나대버렸다. 한심한 표정을 짓고 있는 내 사진이 대량으로 생겼다. 그런 여러 얼굴들을 보며 프레이아는 "이상해"라며 웃었다.

"뭐, 가게 내부 사진은 나중에 다시 찍으면 되지만……."

현재 우리 취재반을 고민하게 하는 문제가 하나 있었다.

"리리엘 씨, 카메라 앞에 서주시겠어요?"

스윽, 카메라를 드는 나.

"……뭐야?"

빈틈없이 진지한 표정을 짓는 리리엘 씨.

좋은 표정. 사진으로 남기면 상당히 좋은 게 나올 것만 같은 느낌을 받았다. 그래서 나는 바로 셔터를 눌렀는데.

어째선지 완성된 사진은 약동하는 붉은 머리카락.

"그러니까 어째서 번번이 셔터를 누를 때 움직이는 거냐고요!"

진짜 정말이지! 하고 화내는 나. 카메라 너머에 리리엘 씨의 모습은 이미 없었다. 어라? 어디에? 하고 고개를 갸웃거리는 나.

프레이아가 내 옷소매를 살짝 잡아당기며 가리킨 곳은 안쪽 창고.

"…………."

창고 그림자 속에서 빤히 나를 노려보는 리리엘 씨의 모습이 보였다.

………….

어라라?

"뭐예요? 혹시 카메라가 무서운 건가요?"

리리엘 씨에게 질문하는 지금의 내 얼굴을 카메라로 찍어보면 아마도 히죽히죽 웃고 있으리라고 생각한다.

"뭐? 전혀 안 무서운데?"

"그런가요? 그럼——."

스윽 하고 카메라를 드는 나.

직후에 화각에서 재빠르게 도망치는 리리엘 씨.

………….

"무서워하는 거죠?"

"전혀 안 무서운데? 생트집은 그만둬 주겠어?"

"아니 하지만──."

"나는 남들보다 경계심이 훨씬 강할 뿐이야. 무서워하는 게 아니라고. 그러고 보니 그거 알아? 예전에, 네가 들고 있는 그런 카메라 기물 중에 찍힌 사람의 영혼을 빼간다고 하는 효과를 가진 물건이 있었어. 만약 네가 들고 있는 카메라도 같은 효과를 가진 기물이라고 하면 큰일이라고 생각하지 않아? 나는 늘 두 수, 세수 앞을 내다보고서 예측하지 못한 사태에 대비할 뿐인 거야. 즉 무서워하는 게 아니라고. 알았어? 더 다각적으로 상황을 파악해 주겠어?"

"엄청나게 말이 빨라."

내게 그리 대꾸한 리리엘 씨는 책상 뒤쪽에서 슬쩍 이쪽을 노려보고 있었다. 그런 모습으로 무섭지 않다고 주장하는 건 조금 무리가 있지 않나 싶은데.

"으음…… 곤란하네요."

나는 사진을 보면서 씁쓸한 표정을 지었다.

골동품점 리리엘의 주인인 그녀의 존재는 글자 그대로 가게의 얼굴. 선전을 하려고 해도 그녀의 얼굴 사진이 없으면 효과는 기대할 수 없을 것 같은 기분이 들었다.

뭔가 좋은 방법이 없을까──.

"이야기는 잘 들었습니다."

고민하는 우리. 그 등 뒤에서 갑자기 나타난 것은 잿빛 머리카락의 미소녀.

"아, 일레이나 씨."

카메라를 들이대면서 나는 그녀의 이름을 불렀다. 골동품점 리리엘에 소속해 있지는 않지만, 손님을 데려오거나 일을 거들어주는 등 여러 가지로 협력을 해주는 조력자.

렌즈 너머에서 포즈를 잡으면서 그녀는 "고민이 있나 보군요. 제가 힘이 되어드리죠" 하고 구원의 손길을 내밀었다. 천사. 나는 셔터를 눌렀다.

"아, 한 장 찍을 때마다 만 레인 청구할 거니까 주의해주세요."

악마를 잘못 말했다. 나는 찍은 사진을 찢어버렸다.

"버리는 건 상관없지만 사진을 찍은 사실은 사라지지 않으니까 제대로 지불해주세요."

내 어깨에 툭 손을 얹으며 싱긋 웃는 일레이나 씨. 돈에 악착스러운 타입의 악마, 아니, 일레이나 씨는 가게 안을 둘러보며 "요컨대 효과적으로 홍보를 하고 싶다는 거죠?" 하고 고개를 갸웃거렸다. 마치 처음부터 가게 밖에서 몰래 이야기를 듣고 있었던 게 아닌가 싶을 정도로 완벽한 이해도였다.

내가 고개를 끄덕이자.

"그거라면 좋은 방법이 있어요."

일레이나 씨는 빙긋 미소를 지었다.

"어떤 방법인가요?"

갸웃, 고개를 기울이는 나.

"후후후후······."

13

구체적으로 뭔가를 답하지도 않고 내게서 사진들을 빼앗아 든 일레이나 씨.

"아니, 방법을 물었는데요."

"이거, 좀 빌려 갈게요."

"상관없지만, 어디에 쓰려는 건가요?"

"후후후후후……."

"…………."

변변치 않은 짓을 할 셈인 게 분명해!

◇

그런 경위도 있어 변변치 않은 결과가 될 것이 분명하다고 여기고 있었는데.

일레이나 씨가 홍보를 한 지 일주일 정도 지났을 무렵의 일이었다.

"대단해! 이게 골동품점 리리엘이구나!" "후후…… 기물이 엄청 많아……."

이제 사람이 오는 일 쪽이 드문 골동품점 리리엘에 어린 여자아이 여러 명이 감동하며 내점.

나와 리리엘 씨는 놀랐다.

내가 일을 시작하고 지금에 이르기까지, 이런 일은 처음이었기 때문이다.

"대단해! 이게 일레이나 씨의 홍보 효과……!"

©Azure

무시무시하다……! 대체 어떤 마법을 쓴 것일까. 방문한 손님들 뒤쪽에서 의기양양한 표정을 짓고 있는 그녀에게 나는 선망의 시선을 보냈다.

"어서 오세요. 찾는 게 뭐려나?"

가게 안에서 감동하고 있는 손님들에게 리리엘 씨는 상냥하게 미소를 지었다. 그녀는 그녀대로 골동품점에 사람이 오는 것이 기쁜 모양이었다.

"아, 시끄럽게 해서 죄송합니다! 저희, 골동품점에 올 수 있어서 감동한 나머지……."

"어머, 그래? 기쁜걸."

본 적 없는 부드러운 미소를 띤 리리엘 씨.

"후후…… 우리 가게는 대체 언제부터 동경의 존재가 된 거려나?"

"저희 판에서는 골동품점 리리엘 소문이 자자해요!"

"어머, 그래? ……판?"

판이라니 뭐지? 하며 나를 돌아보는 리리엘 씨.

소곤소곤 귓속말로 취미 모임 같은 거예요 하고 설명하는 나.

"과연."

흠흠, 하고 고개를 끄덕이는 리리엘 씨.

"그래서, 당신들은 어떤 모임이지?"

"오컬트 판이에요!"

"오컬트 판?"

부드러운 표정을 한 채 리리엘 씨가 우뚝 멈추었다.

뭔가 흐름이 이상해지기 시작했다.

"실은 얼마 전에 이 가게에 수상한 붉은 망령이 나온다고 하는 심령 체험담이 잡지에 투고되었거든요!"

보세요! 하고 책을 들어 올리는 오컬트 애호가 손님들.

그 손에 들려 있는 것은 오컬트 잡지.

그리고 펼쳐진 페이지에는 『공포! 노포 골동품점에 나타난 수수께끼의 붉은 망령!』이라고 쓰인 표제와 함께 어찌 보아도 리리엘 씨로밖에는 안 보이는 붉은 그림자——라고 할까, 촬영 때 실패한 사진이 투고되어 있었다.

참고로 투고자인 I 씨에게는 1만 레인이 증정되었다고 한다.

"……일레이나?"

두려울 만큼 방긋 웃으면서 리리엘 씨는 일레이나 씨를 빤히 바라보았다.

그런 그녀의 어깨를 두드리면서 일레이나 씨도 역시 방긋 웃었다.

그리고 말했다.

"역시 상황은 다각적으로 파악해야 하는 법이라고 생각하지 않으시나요?"

기도의 나라의
리리엘
Riviere
and the nation
of the prayer

반년 전.

남자가 눈을 떠보니 밤의 대성당이었다.

마지 온몸을 두들겨 맞은 듯한 통증이 온몸에서 느껴졌다. 고통에 견디며 몸을 일으키고 남자는 주변을 둘러보았다. 어째서 이런 데서 자고 있었는지, 잘 기억나지 않았다.

심한 조바심을 느끼고 있던 것만은 기억이 났다. 그러나 무엇에 조바심을 느꼈는지를 떠올릴 수 없었다.

대성당 안은 쥐 죽은 듯 조용했다.

"저기…… 아무도 안 계십니까……?"

얼빠진 목소리가 울렸다. 이런 시간대에 사람이 있을 리가 없다. 그래도 목소리를 낼 수밖에 없었던 것은 뭐가 뭔지 모를 상황에 당황했기 때문이기도 했고.

혹은 사람의 기적을 어디선가 느꼈기 때문인지도 모른다.

"……?"

눈앞의 크룰넬비아상이 바라보는 곳. 배후에서 무언가가 움직인 듯한 기척을 느꼈다.

남자는 돌아보았다.

우선 처음에 남자는 추시계를 연상했다. 흔들흔들 좌우로 천천히 흔들리는 모습이 시계처럼 보였으니까. 그러나 시계라면 대성당 출입구에서 크룰넬비아상에 다다르는 융단 위에 있는 것은 이상하다. 사람의 형태를 하고 있는 것도 이상하다. 올려다보아야 할 만큼 높은 대성당의 천장에서 늘어뜨려진 길고 긴 밧줄에 매달린 목을 맨 시신이라는 것을 깨달았을 때 남자의 온몸에서 핏기가 가셨다.

"히익⋯⋯!"

눈을 크게 뜬 채 숨이 끊어진 시신은 원망스럽다는 듯이 남자를 바라보고 있었다. 이마에는 검은 밀랍 실링 스탬프가 찍혀 있었다.

무슨 일이 일어난 것인지, 어찌하면 좋을지 알 수 없었다. 주변을 둘러보았다. 역시 아무도 없다.

"으, 으아아아아아아아악!"

도통 영문을 알 수 없는 상황 속에서 남자는 도망쳤고, 어둠 속을 달려갔다.

누구에게도 들키지 않기를 빌면서, 어디로 가야 할지도 모른 채 계속 달렸다. 주변을 둘러보자, 길가에 면한 유리에 비친 자신과 눈이 마주쳤다.

어째선지 몹시도 즐거운 듯 웃고 있었다. 사악한 얼굴을 한 남자의 모습이 거기에 있었다.

◆

리나벨이 처음 그 존재와 마주한 것은 지금으로부터 3개월 정도 전의 일이었다.

사이좋은 친구들과 결성한 재즈 밴드. 담당 악기는 트럼펫. 그날도 리나벨은 작은 바의 구석에서 친구들과 함께 곡을 연주하고 있었다.

익숙하게 불 수 있는 유명한 악곡. 숨을 쉬듯이 그녀는 자연스럽게 소리를 울리게 했다.

이미 몇 번이나 반복해서인지 그날 리나벨은 평소보다 상태가 좋은 느낌이었다. 손가락이 생각한 것보다 잘 움직인다. 소리가 평소보다 샤프하게 울리는 것 같았다.

진심으로 기분 좋다고 생각했다.

악기를 반복해서 연주하다 보면 그런 마음이 드는 날이 드물게 있다. 벅찬 충족감. 더 주목받고 싶다며 가슴이 뛴다.

객석 사이에서 무언가가 둥실 떠오른 것은 그런 도중이었다.

어둠 속에서, 빛을 반사하며 일렁이는 구체가 천천히 사람들의 머리 위를 지나쳐 간다. 크기는 대략 검지와 엄지로 만든 원 정도. 수는 셋.

규칙적으로 같은 방향을 향해서 둥실둥실 떠가며 이동한다. 연주 중이었던 그녀는 시야 끄트머리로 좇았지만, 그것이 무엇인지는 잘 알 수 없었다.

아아, 비눗방울이구나.

그렇게 깨달은 것은 마침 연주가 끝난 순간. 그것이 어두운 객석을 빠져나와, 빛이 닿는 무대에 다다랐을 때였다.

누가 날린 것일까.

비눗방울은, 리나벨의 어깨에 닿더니 팡 터졌다.

비눗방울치고는 움직임이 특이하다고 생각했다.

본래 공기를 충분히 담은 비눗방울은 공중으로 떠오르면 위를 향해서 날아가 사라진다. 곧장 사람을 향해서 날아올 리 없다.

그래서 터진 직후에 이변이 일어났을 때도, 역시 기물이었구나 하고 리나벨은 멍하니 생각했다.

"멋진 연주예요." "당신 덕분에 기운이 났습니다." "고마워."

리나벨 안으로 따뜻한 말들이 스며들어 왔다.

목소리는 들리지 않았다. 그저 누군가의 생각이 리나벨의 마음에 말로서 울려 왔을 뿐. 아무래도 생각을 전하는 효과가 있는 기물인가 보다.

연주가 끝난 후에 빛이 밝혀진 객석을 리나벨은 둘러보았다.

누구의 말인 걸까.

그러나 생각해보면 일부러 어두운 객석 사이에서 비눗방울로 감상을 전하는 그런 관객이 성실하게 눈앞에 나타나 줄 리도 없었다.

"…………."

혹은 리나벨에게는 아직 그럴 자격이 없었는지도 모른다.

자기 자신에게 있어 오늘의 연주는 최고였다.

더할 나위 없이 기분이 좋았다.

그러나 객석을 둘러보아도 리나벨 일행의 연주에 찬사를 보내주는 사람은 거의 없었다. 드문드문 불규칙한 박수가 여기저기에서 조심스럽게 울렸다가 사라질 뿐.

아직 당당하게 평가를 할 만한 수준이 아니라는 것일지도 모른다.

"……고맙습니다."

그래서 리나벨은 조심스러운 객석을 향해 고개를 숙이면서도, 맹세했다.

언젠가 비눗방울을 보낸 사람이 눈앞에 나타나 줄 정도로 실력을 키우겠노라고.

비눗방울이 다시 리나벨 앞에 나타난 것은 그로부터 약 3개월이 지났을 무렵의 일이었다.

◇

"인기인이 된다는 건 힘든 일이네……."

멍한 분위기를 띠면서도 리나벨 씨가 내게 그 이야기를 들려준 것은 그녀가 소속된 재즈 밴드의 메이저 데뷔를 기념하는 작은 라이브가 끝난 후의 일이었다.

친구로서 특별히 좋은 자리에 초대받은 나는 박력 넘치는 라이브에 "와아!" 하고 손뼉을 치며 기뻐했고, 그리고 조금 전까지 무대 위에서 트럼펫을 멋지게 불던 그녀와 단둘이 디너 타임을 만끽하고 있다고 하는 사실에 이번에도 "와아!" 하는 기분으로 마주 앉아 있었다.

한바탕 라이브 감상을 이야기한 후에, 리나벨 씨는 한숨을 내쉬면서 비눗방울 이야기를 내게 해주었다.

3개월 전의 작은 라이브에서 받은 신기한 비눗방울. 아직 인기가 없던 무렵의 그녀에게 기운을 준 격려의 말.

"실은 있지, 오늘 라이브에서도 비눗방울을 받았어."

오호라.

"잘된 일이잖아."

이전에 비눗방울을 보내준 사람이 다시 메시지를 보냈다고 한다면 솔직히 기쁜 일이 아닐까? 3개월 전부터 지금에 이르기까지 줄곧 응원해줬다는 뜻이잖아?

그래서 나는 축하해! 하고 박수를 쳤는데.

"으음……."

그녀는 신음했다.

마치 다시 눈앞에 나타난 비눗방울을 기분 좋게 여기지 않는 듯이. 심지어 조금 민폐라는 표정조차 엿보였다.

왜 그래? 하고 내가 묻자, 그녀는.

"이번엔 메시지 내용이 좀 달랐어."

그렇게 말하며 미간을 좁혔다. 표정을 보면 긍정적인 말이 아니었던 것이리라.

"어떤 말이었는데?"

나는 고개를 갸웃거렸다.

그리고서 입을 연 그녀가 늘어놓은 과격한 말들.

"귀에 거슬리는 음악." "시끄러워." "죽여버린다."

말하길, 그런 말이 이전과 마찬가지로 한창 라이브를 하는 도중에 날아와 그녀 옆에서 터졌다고 한다.

3개월 전과는 전혀 다른 내용.

"뭔가 안 좋은 일이라도 있었던 거려나……."

으으음 하고 리나벨 씨는 고민에 빠졌다.

"진심으로 나를 죽이려는 건 아닐 테지만……, 상대방 쪽이 좀 걱정된다고 해야 하나."

"나로서는 악의를 전달받은 자기 자신을 걱정했으면 싶은데."

나는 그런 경험이 없으니 잘은 모르지만.

"만약 원래 팬이었던 사람이라면, 평범하게 싫어하는 것보다 훨씬 끈질길지도 몰라. 무슨 짓을 당할지도 알 수 없고."

"그러네……."

으음, 하고 생각에 잠기는 리나벨 씨.

"하지만, 아마도 미움을 받는 건 아닐 거라고 생각하는데 말이지……."

"일반적인 감각을 말하자면 싫어하지 않는 상대에게 '죽여버린다' 같은 말은 하지 않을 거라고 봐."

"뭐, 그건 그렇지만……. 사실 있지, 오늘 받은 말은 그것만이 아냐."

"그렇다는 건?"

더 과격한 말……? 하고 긴장하는 내게 그녀는 "그게 그러니까──" 하고 기억을 떠올리듯이 눈을 굴리면서 가볍게 입을 열었다.

그것은 분명 원망이 가득 실린 비눗방울과도, 그렇다고 해서 3개월 전에 보내졌던 격려의 말과도 다른, 기묘한 마음이었다.

"……무슨 의미지?"

"나도 잘 모르겠어."

고개를 젓는 리나벨 씨.

결국, 비눗방울을 보낸 인물의 구체적인 인물상을 전혀 알지 못한 채, 그 후 우리의 식사 모임은 별것 아닌 이야기라고 할까, 서로의 근황 보고를 술과 함께 나누고 마무리되었다.

모처럼 라이브가 끝난 다음이기도 하니.

"내가 살게."

계산할 타이밍에 나는 지갑을 꺼냈는데.

"아니, 안 돼."

리나벨 씨가 옆에서 머리로 내 어깨를 밀며 계산대 앞에 억지로 끼어들었다.

"오늘은 기분이 좋으니까 내가 살게."

기분이 좋아서라고 한들.

"하지만 오늘은 리나벨 씨의 라이브를 기념해서 식사하러 온 거잖아? 축하받는 쪽에게 얻어먹는 건 염치 없——."

"맥밀리아, 그럼 이렇게 하자."

리나벨 씨는 내 말을 자르면서 요염하게 윙크를 하고, 이야기했다.

"나한테 비눗방울을 보낸 사람을 찾아줄래? 이건 의뢰비 대신에 내가 낼게."

"아, 그건 원래 할 셈이었으니까 됐어."

괜찮아 하고 나는 고개를 저었다.

그 후 결국 계산대 앞에서 아니 아니 내가 내가 하고 말씨름을 한 다음에, 최종적으로는 내가 계산하게 되었다.

"다음에 더 좋은 가게에서 내가 살게. 비눗방울을 보낸 사람을 찾아준 답례라는 걸로."

"아니 아직 찾지도 않았는데⋯⋯."

성격 급해⋯⋯!

그 후 나는 귀갓길에 올라 흐으음 하고 생각에 잠겼다. 3개월 전과 오늘, 딱 두 번 비눗방울 기물을 써서 마음을 전해 온 수수께끼의 인물.

지금은 어디서 무얼 하고 있는지도 전혀 모르고, 애초에 어디의 누구인지도 모른다. 그런 인물을 기도의 크룰넬비아 안에서 찾아낸다.

그건 일이 과연 가능할까?

"그럼, 가능하지."

가능하다고 한다.

다음 날 가게에 갔을 때, 아침 인사 정도로 이야기를 들려주었더니 역시나 인사 정도의 가벼운 반응으로 리리엘 씨는 고개를 끄덕였다.

"단서가 아주 제로인 건 아닌 것 같고, 들어보니 특수한 효과를 가진 기물인 것도 아닌 것 같으니⋯⋯ 아마 큰 고생 없이 찾을 수 있지 않을까?"

호오오.

"역시 리리엘 씨."

나는 짝짝짝 박수를 보냈다.

"후훗."

머리카락을 휙 하고 넘기면서 의기양양한 표정을 짓는 그녀. 귀여워.

"그래서, 어떤 기물을 쓰면 그 사람을 찾을 수 있나요?"

"무슨 일이든 기물로 해결할 수 있다고 생각하면 큰 착각이야. 바보."

의기양양한 얼굴을 한 채 이런 이런 하고 어깨를 으쓱이는 리리엘 씨.

"문제를 해결하는 데 있어 가장 중요한 건 정보야. 전부 기물에만 의지하면 못 써먹을 인간이 된다고."

"기물을 사고파는 사람의 대사라고는 생각할 수 없네요……."

"나는 괜찮아."

다시 휙 하고 머리카락을 넘기는 리리엘 씨. 오늘도 그녀는 자신감 넘친다.

"하지만 기물을 쓰지 않고 어떻게?"

나는 소박한 질문을 던졌다. 내가 고개를 갸웃거리는 사이에 리리엘 씨는 내게서 등을 돌리고 책상 너머로 돌아갔다.

그리고 서랍에서 꺼내 온 것은 두툼한 책자.

"만약 그 상대가 제대로 된 골동품점에서 그 비눗방울을 샀을 경우의 이야기지만—— 아마도 여기에 이름이 실려 있을 거야."

말하면서 그녀는 책자를 펼쳤다.

그게 뭔가요? 하고 책상 쪽으로 다가가 내가 옆에서 묻자, 그녀는 휙휙 페이지를 넘겼다. 보니, 거기에는 물건과 가게와 사람 이름이 날짜와 함께 나열되어 있었다.

"내 가게를 포함해서, 제대로 된 골동품을 취급하는 골동품점은 연맹을 맺고 있거든. 어느 가게에서 어떤 기물을 다루고 있고, 누구에게 팔았는지를 기록으로 남기고 공유하게 되어 있어."

"호오……."

돌이켜 생각해보니 기물을 매매할 때마다 리리엘 씨는 손님에게 신분증 제시를 요구했었다. 과연, 기록을 남기기 위해서였던 건가요.

"애초에, 카렌듈라처럼 위험한 기물을 다루는 걸 목적으로 하는 가게는 연맹에 이름을 올리지 않지만——."

적어도 3개월 전에 리나벨 씨에게 비눗방울을 맞힌 사람이 기물을 산 곳은 제대로 된 가게였나 보다.

책자에 기록이 남아 있었다.

리리엘 씨의 손끝이 '비눗방울'이라는 글자에서 멈추었다.

"…………."

그것을 소리 내 읽으려는데, 그녀가 숨을 삼키는 기척이 느껴졌다.

뭔가 이상한 거라도? 하고 내가 시선을 들자, 동시에 그녀도 이쪽을 바라보고 있었다. 매우 심각한 표정을 한 그녀와 눈이 마주쳤다.

"저기, 맥밀리아. 네 친구인 리나벨 씨는, 비눗방울을 맞은 거지?"

"그런 모양이에요……."

"아까 한 이야기로는 협박 같은 말 외에 뭔가 다른 것도 있었던 것 같은데."

"……저기."

걱정할 것 같아서 그다지 말하고 싶지는 않았지만—— 나는 리나벨 씨와 만났던 어제의 일을 떠올렸다.

비눗방울에 실어 보낸 협박의 말. 그것과 함께 보내진 기묘한 말.

나는 리리엘 씨에게, 이야기했다.

말하길.

"도와줘."

였다고 하는데요——라고.

솔직히 말해서 비눗방울을 맞은 리나벨 씨로서도 그 마음이 상대의 진심인지, 아니면 악질적인 장난인지도 판단이 서질 않아 난처한 것 같았다.

그저 집착이 심한 팬이 폭주했던 것이라고 한다면 그걸로 안심할 수 있을 텐데.

"그래."

조용히 한숨을 내쉬면서 리리엘 씨는 책자를 덮었다.

"다음부터 그런 중요한 정보는 먼저 가르쳐줬으면 해."

그리고서 그녀는 조용히 이야기했다.

말하길.

"비눗방울을 취급한 골동품점의 주인, 살해당했어."

지금으로부터 딱 3개월 정도 전에.

◆

『여어, 파트너.』

거울 속에서 말을 걸어왔다.

고개를 들자 자신의 얼굴이 웃고 있었다.

시몬.

약 반년 전부터 기도의 크룰넬비아에서 몰래 활동하고 있는 살인마. 거울 너머의 시몬은 남자와 완벽하게 똑같은 얼굴이면서도, 사악하기 그지없는 표정을 짓고 있었다.

『상태는 좀 어때? 오늘은 날씨도 좋아. 잠깐 외출하는 것도 괜찮지 않을까?』

거울을 외면했다.

『어이 어이, 도망치지 말라고.』

그러나 목소리가 끊어지는 일은 없었다.

시몬의 목소리는 남자의 머릿속에서 직접 울리고 있었다.

『나와 너는 일심동체. 떨어지는 일은 있을 수 없어. 그렇다면 지금 상황을 즐기지 않으면 손해잖아?』

"시……시끄러워, 시끄러워……!"

그 자리에서 몸을 웅크리고 남자는 귀를 막았다.

그래도 시몬은 개의치 않고 계속해 속삭였다.

『주변에 도움을 요청할 생각 따윈 하지 마. 나는 네가 잠든 사이, 얼마든지 멋대로 행동할 수 있어. 잊지 말라고.』

"으으……."

도움을 요청하면 그 상대를 가차 없이 죽인다. 시몬이 은연중에 그렇게 말하고 있다는 것은 남자도 이해했다.

불안정한 발걸음으로 남자는 집을 나섰다.

머릿속에 울리는 시몬의 목소리를 어떻게든 해야만 한다.

『자, 오늘은 뭘 할까? 다음 재료를 찾는 것도 괜찮겠어. 최근엔 작품을 안 만들었잖아? 나, 심심하거든.』

시몬은 자신이 죽인 상대의 시신을 작품이라 칭했다. 남자로서는 도저히 이해되지 않았지만, 시신을 예술품이라 여기는 듯했다.

시몬이 지금까지 만든 작품은 여럿 있다.

첫 번째는 대성당 출입구에 매단 목을 맨 사체. 처음이라 익숙하지 않았던 것치고는 제법 완성도가 좋았다고 평가하고 있다.

두 번째는 사람 좋아 보이는 중년 여성. 괴로운 얼굴을 한 남자에게 손을 내밀어 준 다정한 사람이었다. 남자가 고민을 토로한 다음 날 시몬은 새로 산 도구를 시험해볼 겸 여성을 길거리에서 베어 가르고, 이마에 봉랍을 찍은 후에 방치했다.

세 번째, 네 번째 작품은 남자도 모르는 사람이었다. 남자가 잠든 사이에 시몬이 적당히 골라 죽인 모양이었다. 머릿속에서 시몬이『작품을 만들었는데 신문에서 평가해주지 않다니』라며 불만을 늘어놓는 것을 듣고 남자는 시몬의 범행을 알았다.

시몬과 남자가 일심동체가 된 후 고작 두 달 사이에 네 명이나 되는 희생자가 나왔다.

"어떻게든 해야 해…… 내가, 어떻게든 해야 해……."

그리고 다섯 번째.

비눗방울 기물을 팔아준 골동품점 주인이었다. 남자가 길에서 몸을 웅크리고 있는 것을 보고 걱정하며 말을 걸어준 마음씨 좋은 사람이었다.

남자는 가게 주인에게 고민을 털어놓았다.

"도움을 구하려 해도 도움을 구할 수 없어. 누구에게도 힘을 빌릴 수 없어. 어떡해야 하지……."

머리를 끌어안고서 남자는 줄곧 두려워했다.

가게 주인은 남자가 가진 고민의 본질을 이해하지는 못했지만, 그래도 남자에게 다가가려 했다.

"이 비눗방울을 써봐. 이건 맞힌 상대에게 자신의 마음이 전해지는 기물. 이걸 쓰면 주변에 말하기 어려운 것도 전할 수가 있지――."

파는 물건이었는데도 값은 청구하지 않았다. 그 정도로 남자가 궁지에 몰린 것처럼 보였기 때문이다.

남자는 사람 좋은 가게 주인에게 감사하며 가게를 나왔다.

시몬이 가게 주인을 죽인 것은 그로부터 약 한 달 후의 일이었다.

◇

"이 가게의 주인과는 오래 알고 지낸 사이여서, 3개월 전의 일은 잘 기억하고 있어."

마을 동쪽에 있는 한 골동품점. 닫힌 채인 셔터에는 지금까지 가게를 이용해준 고객에게 드리는 감사의 말과 함께 폐점에 이르게 된 사정이 감정 없는 필치로 적혀 있었다.

리리엘 씨가 말하길, 가게 주인의 시신은 가게 바로 앞에 놓여 있었다고 한다. 지참한 둔기로 몇 번이고 내려쳤는지, 시신은 두개골을 포함해 여러 곳의 뼈가 부러져 있었다.

"살인마는 검은 밀랍의 시몬이라고 불리고 있어."

반드시 시신의 머리에 봉랍을 하기 때문에 보안국에서는 그렇게 부르고 있다고 리리엘 씨는 가르쳐주었다.

"잔학성이 높다는 점과 그런 류의 범인은 대대적으로 보도되는 것에 쾌락을 느끼는 경향이 있어서 규제가 걸린 상태지만, 보안국은 지금도 이 범인의 행방을 쫓고 있어."

"상대의 신원은 이미 파악한 거로군요."

보안국의 수사 결과인 걸까.

"본인 스스로 밝힌 거야."

아니었나 보다.

"검은 밀랍으로 된 봉랍에 일부러 이름을 새기고 있거든——조사해본 바로는 이 가게를 포함해 복수의 골동품점에서 기물을 구입한 기록이 발견되었어. 그리고 그 대부분이 사건에 쓰였지."

비눗방울은 쓰이지 않은 것 같지만——하고 리리엘 씨는 말을 덧붙였다.

그녀가 가지고 있던 책자에는 이 가게 이름, 그리고 시몬의 이름이 4개월 정도 전의 날짜로 기록되어 있었다. 즉, 이 가게에서 비눗방울을 산 한 달 후에 가게 주인을 살해하기 위해 돌아왔다는 뜻이 된다.

"스스로 꼬리가 집히게 살해하다니, 대체 뭘 하고 싶은 걸까요……?"

"나한테 물어본들 모르지."

"혹시 보안국에 쫓기는 스릴을 즐기고 있다, 라든가?"

게임 같은 감각일까?

"혹은 자신의 신원이 밝혀지는 것에 관해서는 어찌 되든 상관없는 건지도. 뭐, 그건 우리가 추리해본들 의미 없는 일이지."

닫힌 채인 셔터를 등지고서 그녀는 나를 보았다.

이 가게 주인을 포함해 몇 명이나 되는 사람이 검은 밀랍의 시몬에 의해 목숨을 잃었다. 그리고 어째서인지 리나벨 씨에게는 살인 충동과는 거의 관계가 없는 매우 평화로운 마음을 실은 비눗방울을 보냈다. 이건 이제 뭐가 뭔지 전혀 모르겠다.

"현시점에서 확실한 건, 네 친구가 이미 시몬의 눈에 띄었을 가능성이 높다는 거겠지."

"그렇……겠죠. 아마도. 저도 그런 것 같아요."

"나는 보안국 사람에게 이번 상황을 전할게. 보안국이 보호할 때까지, 너는 친구 옆에 있어 주도록 해."

알았습니다!

그렇게 힘주어 고개를 끄덕이고 싶은 바입니다만.

아무래도 맨손으로 살인마 상대라는 건 어찌할 도리가 없다고 할까, 뭔가 몸을 지킬 방법이 있었으면 좋겠는데 하고 저는 생각하거든요. 리리엘 씨.

그렇게 에둘러서 "안전을 지킬 수 있는 느낌의 기물이 필요한데요" 하고 타진하려던 참에.

"이거, 쓰도록 해."

그녀의 손에서 건네진 것은 빙글빙글 감긴 가죽 채찍.

이 얼마나 세심한 상사인가요.

"시몬과 마주치면, 잡고 싶다고 생각하면서 휘두르도록 해. 채찍이 닿는 범위에 있으면 적어도 구속 정도는 해줄 거야."

채찍에는 잡고 싶은 대상을 확실하게 구속하는 그런 기도가 담겨 있나 보다.

적과 싸울 무기는 안 될 테지만, 맨손보다는 분명 마음 든든하다.

"호신용으로 갖고 있도록 해."

나는 고개를 끄덕이고, 채찍을 허리 벨트에 감았다. 아주 약간의 무게가 내 허리에 실렸다. 순간 자신이 무기를 휴대하고 있다는 사실을 자각하고 마음이 무거워졌다.

그저 스토커라고 생각했는데, 설마 이런 사태가 될 줄이야…….

"너라면 괜찮을 거라고 생각하지만, 부디 악용은 하지 말아줘. 기물은 사용법에 따라서 어떤 일이든 가능해지고 마니까."

알아요, 하고 나는 고개를 끄덕였다.

그야말로 사용법에 따라 윤리관에 반하는 일을 저지르는 것이 바로 이번 범인이기에 더더욱 경계하고 있는지도 모른다.

눈을 내리뜬 채 그녀는 깊게 한숨을 내쉬었다.

"아무리 주의를 해도, 결국 기물을 악용하는 인간은 나오네."

안전하게 쓰도록 리스트를 공유해도. 위험한 기물을 단속해도. 인간은 기도를 계속 바치고 있고, 촘촘하게 단속해도 빠져나가는 자가 반드시 나타난다.

마치 저주 같아── 그녀는 그 한마디를 남기고 발길을 돌려 걸음을 옮겼다.

떠나가는 뒷모습은 몹시 쓸쓸해 보였다.

◆

반년 전부터 남자를 지배하고 있던 것은 악몽 같은 날들이었다.

대성당 앞에 쓰러져 있던 그 날부터 시몬과 남자가 몸을 공유하는 날들이 시작되었다.

남자가 잠들면 시몬이 몸을 쓰고, 시몬이 잠들면 남자가 몸을 쓴다. 한쪽이 잠든 타이밍에서 다른 한쪽이 몸을 움직인다. 하나의 침대를 교대로 쓰고, 일어나 있는 쪽이 바깥 세계와 연결된다. 남자는 시몬과의 공동생활을 그런 식으로 인식하고 있었다.

『너, 잠꼬대 시끄럽거든.』

시몬은 남자가 몸의 주도권을 잡고 있을 때도 잠들지 않고 자주 말을 걸어왔다. 침대 위에서 지루해하며 시비를 거는 일은 일상다반사였다.

『도와줘, 도와줘, 하고. 언제나 그 말뿐이잖아. 좀 더 조용히 못 자겠어?』

몸을 공유하게 된 후부터 지금에 이르렀어도 머릿속에서 목소리가 울리는 감각에는 익숙해지지 않았다. 길을 걸으면서도 두 귀를 막고 남자는 몸을 웅크렸다. 겁먹은 남자를 보며 남자는 웃었다. 바보 아냐? 하고 울렸다.

길가에 면한 유리를 바라보면 시몬이 웃고 있다.

겁을 먹고 남자는 도망친다.

도망친들 벗어나는 것은 불가능하건만, 길을 달린다. 도와줘, 도와줘. 머릿속에서 시몬에게 비웃음을 당하면서도, 남자는 말이 되지 못한 비명을 담아서 마을 사람들에게 시선을 보냈다.

지난 반년 동안 남자는 몇 번이고 남에게 도움을 요청하려 했다. 그러나 머릿속에 시몬이 깨어 있을 때 멋대로 행동하면 상대가 위험해지고 만다── 생각하지 않아도 알 수 있는 일이었다.

언제 시몬이 깨어 있는지도 모르는 상황에서, 타인에게 도움을 요청하려면 어찌하면 좋을까.

남자는 그 방법이 떠오르지 않았다. 마치 언제나 총구가 머리에 들이대진 채 살아가는 듯한 감각.

보안국에 도움을 요청하는 것도 불가능했다.

『알고 있을 거라고 보지만, 보안국에 자백하러 가면 닥치는 대로 죽이고 다닌 다음에 너를 죽일 테니까 조심하도록 해.』

그래서 망연자실할 수밖에 없었다.

처음으로 남에게 도움을 요청할 기회가 나타난 것은 4개월 전의 일이었다. 사람 좋은 골동품점 주인에게 건네받은 비눗방울. 가게 밖에서 그것을 바라보고 있을 때, 머릿속에서 목소리가 들렸다.

『너, 비눗방울을 가지고 노는 취미라도 있는 거냐?』

남자는 대답하지 않았다.

『바보 같은 취미네.』

시몬은 코웃음을 치면서 남자의 상태를 관찰할 뿐이었다. 타박하는 일도 없었고, 협박하는 일도 없었다── 비눗방울이 가진 기도의 효과를 시몬은 눈치채지 못한 모양이었다.

말로 하지 않아도, 비눗방울로 마음을 보내면 도움을 청할 수 있을지도 모른다.

유일하게 찾아낸 희망이었다.

남자는 그날부터 거리의 인파 사이에서 비눗방울을 불며 다녔다. 어떤 때는 누군가를 기다리고 있는 남성에게. 어떤 때는 레스토랑의 점원에게. 또 어떤 때는 길을 가는 여성에게.

남자는 도움을 요청했다. 그리고 전부 소용없었다. 남자가 비눗방울을 보낸 것을 대부분의 사람은 눈치채지 못했고, 그리고 극히 드물게 눈치챈 자가 있어도 남자의 수상한 태도를 꺼림칙하게 여길 뿐이었다.

폭탄 같은 마음을 끌어안은 채, 남자는 그 누구도 알아차리지 못하는 날들을 보냈다.

그러던 어느 날, 우연히 들른 바에서 남자는 재즈 밴드의 연주를 들었다.

객석의 그 누구도 연주 같은 건 듣고 있지 않았다. 라이트업 된 곳을 그저 눈부셔하며 바라보는 사람들의 등이 있을 뿐이었다.

연주자들은 그런 객석의 온도를 알고 있을까.

남자의 시선이 머문 것은, 그 중심에서 트럼펫을 불고 있는 여성이었다.

객석의 쌀쌀한 온도 따위는 어찌 되든 상관없다는 듯이, 여성은 기분 좋은 듯이 무대에 서 있었다. 당당하고, 빛나고, 어둠 속을 꿰뚫는 듯한 음색이었다.

흥미조차 보이지 않았던 객석 사이. 한 사람, 또 한 사람, 곡이 고조될수록 지루해하던 표정이 서서히 사라져갔다.

남자도 그중 한 명이었다.

깨닫고 보니 남자는 그녀를 향해 비눗방울을 불고 있었다. 둥실둥실 가게 안을 날아, 세 개의 둥근 방울이 그녀에게 보내졌다.

포기하지 않으면 그녀처럼 누군가를 돌아보게 만드는 것이 가능할지도 모른다.

조금 더, 힘내보자.

처음으로 긍정적인 기분이 된 것만 같았다.

『어이, 너. 그 비눗방울, 기물이지?』

머릿속에서 목소리가 울린 것은 바로 그때였다.

전부 꿰뚫어 본 것 같은 시몬의 목소리에 남자는 등줄기가 얼어붙어 갔다. 그리고 다음 날, 남자가 눈을 떴을 때 다섯 번째 작품이 생겨 있었다.

떠올리는 것만으로도 구역질이 치미는 끔찍한 광경.

길을 계속 달린 지 얼마 안 되었을 때, 남자는 숨을 헐떡이며 멈춰 섰다. 심장이 터질 듯이 고동치고 있었다.

지금도, 악몽은 끝나지 않았다.

『그러고 보니, 파트너. 다음 작품에 관해서 상담할 게 있는데.』

멈춘 김에 들어봐, 하고 머릿속에서 시몬의 목소리가 말했다.

다음 작품.

안 좋은 예감이 뺨을 타고 흘렀다.

『나는 말이지, 다음은 트럼펫을 부는 여자가 좋을 것 같은데. 어떻게 생각해?』

네가 얼마 전에 열심히 보고 있었잖아? 거울을 보지 않아도 시몬이 머릿속에서 추악한 미소를 짓고 있다는 걸 알 수 있었다.

"그, 그만둬……! 그녀한테 손을 대지 마……!"

그 자리에서 소리치며 남자는 당황했다.

머릿속에서 시몬이 배를 잡고 웃는 가운데, 남자는 생각도 제대로 정리하지 못한 채 달리기 시작했다. 3개월 전, 아주 잠시라도 희망을 보여주었던 그녀를 구해야만 한다며.

◇

어제 리나벨 씨와 만났을 때, 오늘은 찻집에서 밴드 동료와 모임이 있다고 이야기했던 것을 떠올리고 나는 닥치는 대로 리나벨 씨가 갈 만한 곳을 모조리 뒤졌다.

세 곳 정도를 돌았을 때. 여유로운 분위기 속에서 모임을 갖고 있는 그녀를 발견했다. 갑자기 안색을 바꾸고 나타난 나를 보며 리나벨 씨의 밴드 동료들은 "어머나, 애인?" 하고 흐뭇한 표정을 지었다.

"우후후, 과연 어떨까?"

아니, 부정해줄래……?

아니, 지금은 그런 느긋한 분위기에 어울려줄 만한 여유도 없고, 그렇다고 강하게 부정할 시간도 없다. 아무튼 필사적으로 지금 당장 나랑 같이 가자고 부탁했다. 상당히 절박한 얼굴을 하고 있었는지 그녀는 내 말을 믿고 따라와 주었다. 사정을 이야기한 것은 그 후의 일이었다.

"흐음…… 그래……. 나쁜 사람이었구나……."

내게 모든 이야기를 다 들은 후에 그녀는 한숨을 내쉬었다.

"아무튼 지금은 긴급 사태니까 나를 따라와. 집까지 데려다줄게."

"따라오라고 말한들, 맥밀리아는 우리 집이 어딘지 모르잖아."

"아."

그것도 그랬다.

"……혹시 우리 집이 어디인지 에둘러 알아내려 하는 거야?"

"아, 아니 그럴 리가 없잖아!"

"후후, 미안. 농담 같은 걸 하고 있을 때가 아닌데——."

나도 냉정을 잃었나 봐—— 리나벨 씨는 조용히 중얼거렸다. 그녀도 역시 당황하고 있는 것 같았다.

팬이라고 생각했는데 실은 목숨을 노리고 있을 뿐이었습니다, 라는 이야기를 듣고 곧바로 받아들이는 쪽이 오히려 이상하다고 생각한다.

그녀의 집까지 가는 길을 배우면서, 나는 리나벨 씨를 세 걸음

정도 앞서 걸었다.

"내가 호위할 테니까 괜찮아!"

이제 그녀에게 접근하는 자가 있으면 누구든 개의치 않고 채찍으로 잡을 생각까지 하고 있었다. 보안국 사람들이 올 때까지 그녀는 내가 지켜야만 하니까.

"일단 다시 한번 묻겠는데, 그 상대가 어떤 사람인지는 전혀 모르는 거지?"

어제 이야기로는 그랬을 터. 성별은커녕 나이고 뭐고 모른다.

유일하게 아는 것은 3개월 전에.

"멋진 연주예요." "당신 덕분에 기운이 났습니다." "고마워."

그렇게 비눗방울을 보냈다는 것.

그리고 바로 며칠 전에.

"귀에 거슬리는 음악." "시끄러워." "죽여버린다."

그렇게 비눗방울을 보냈다는 것.

"······어라?"

여기서 나는 문득 위화감을 느꼈다.

돌이켜보면, 비눗방울을 보낸 사람을 그저 리나벨 씨의 팬이라고 여겼던 이유는 3개월 전에 리나벨 씨에게 찬사의 말을 보내주었기 때문이다.

시몬이라는 사람이 그저 살인마일 뿐이라면 어째서 일부러 그녀를 칭찬한 것일까?

마치 다른 사람 같다.

"실은 있지, 상대에 관해 조금 알아낸 게 있어."

생각에 잠긴 내 옆에서 리나벨 씨가 중얼거렸다.

"어제 맥밀리아한테 상담하기 전에, 동료들에게 비눗방울 건을 상담했었는데——."

오늘, 모임을 하기 전에 공연장 스태프에게 탐문을 해주었다고 한다. 동료는 있고 볼 일이다. 애초에 비눗방울을 불었던 손님은 공연장 안에서도 나름대로 눈에 띄었는지, 스태프 한 사람이 특징을 기억하고 있었다고 한다.

"외모라면 들었어. 이름까지는 모르지만."

"이름은 시몬이라고 하나 봐."

"그럼 이제 완벽하네."

부드러운 표정을 짓는 리나벨 씨. 어딘지 모르게 안도한 기색이 엿보인 것만 같았다.

이끌리듯이 나도 역시 표정을 풀며 고개를 갸웃거렸다.

"그래서, 그 수상한 사람의 외모는 어떤 느낌이야?"

범인의 얼굴을 알면 스쳐 지나가는 사람들을 전부 힐끔거리며 실례인 시선을 보낼 필요도 없어진다.

"그러니까——."

그녀는 고개를 끄덕이고, 답했다.

비눗방울을 보낸 인물의 외모를.

◆

구겨진 셔츠에 슬림한 팬츠. 검고 짧은 머리카락. 살이 찌지도 않고 마르지도 않았다. 얼굴은 그럭저럭. 키는 보통. 중간 체격의 중간 키라는 표현이 어울리는 사람.

거리를 달리는 남자는 그야말로 그런 외모를 하고 있었다.

숨을 몰아쉬며 달리는 남자는 어깨에 작은 가방을 메고 있었다. 안에는 필요한 흉기가 전부 들어 있다. 시몬의 작업 도구다. 때와 장소와 기분에 따라서, 구분해 사용하는 모양이었다.

『아, 저 여자도 괜찮은걸. 오, 저 남자도 좋고. 큰길엔 좋은 재료가 넘쳐나네.』

머릿속에 울리는 시몬의 목소리는 마치 침대 위에서 뒹굴거리는 듯 편안한 느낌이었지만, 남자의 귀에는 들리지 않았다.

일일이 신경 쓰고 있을 여유는 없었다.

시몬이 다음으로 노릴 상대는 알고 있다.

3개월 전에 남자에게 희망을 주었던 여성.

무작정 길을 계속 달리면서 남자는 3개월 전의 기억을 머릿속으로 되짚어 보았다. 어떤 얼굴을 하고 있었는지, 키는, 머리 모양은.

기억을 떠올리며, 달린다.

더는 희생자를 내서는 안 된다.

그녀를 지켜야만 한다.

"내가 지켜야 해……!"

그러나 만난다고 해도, 대체 무어라 말을 걸면 좋을까.

그로부터 얼마 지나지 않아 남자가 멈춰 섰을 무렵.

3개월 전의 기억과 겹쳐지는 모습을 한 여성을 발견했다. 거의 우연이었다. 마을의 큰길, 그녀는 친구로 보이는 인물과 둘이 걷고 있었다.

다른 건 아무것도 보이지 않을 만큼, 거리 풍경 속에서 그녀만이 도드라져 보였다.

"지켜야 해……."

숨을 몰아쉬며 남자는 그녀를 보았다.

그녀도 역시 남자를 눈치챈 듯했다.

"…………."

이쪽을 보며, 멈춰 섰다. 그 자리에서 그녀는 천천히 남자를 가리켰다.

기억해주었던 것일까.

한순간 마음이 들뜨려 하다 제정신을 차렸다.

그럴 리 없다.

3개월 전에 딱 한 번 보았을 뿐이다. 그것도 얼굴조차 내보이지 않고 물러났었다.

『아, 파트너. 말하는 걸 잊었는데.』

머릿속에서 목소리가 울렸다.

남자를 비웃는 듯한 목소리였다.

『나 말이야, 어제 저 여자를 협박했었어.』

직후에 이쪽을 가리키던 그녀는 옆에 있는 친구에게 말했다.

"맥밀리아, 아마도, 저 사람."

결국 구원 따위는 없었다.

희망을 보았던 것이 잘못이었다.

3개월 전에 무대 위에서 반짝이던 그녀는, 기분 나쁜 사람을 보는 듯한 시선으로 남자를 바라보고 있었다.

"살인마……!"

친구는 그녀를 지키려는 듯이 앞을 막아서더니 채찍을 들었다.

머릿속에서 시몬이 소리 높여 웃고 있는 것만 같았다.

◇

"아, 아냐……! 나는, 아냐……!"

무엇이 어떻게 아닌지는 모르겠지만, 그야말로 리나벨 씨가 언급한 특징 그대로인 남자가 그녀에게 손가락질을 받은 순간 허둥대며 고개를 저었다.

그 빠르고 이질적인 반응은 유감스럽게도 수상하기 그지없었고, 아무리 좋게 해석해도 "제가 범인입니다"라고 말하고 있는 것으로만 보였다. 허둥대는 시점에서 찔리는 게 있다는 뜻이니까.

어쩐지 살인마라고 불리는 것치고는 겁을 먹고 있는 듯도 보이지만—— 방심은 금물. 나는 들고 있던 채찍을 휘둘렀다.

리리엘 씨의 말대로라면, 시몬을 잡고 싶다고 생각하면서 휘두르면 잡을 수 있을 터.

"선수 필승!"

그래서 나는 곧바로 채찍을 휘둘렀다.

휘잉 하고 바람을 가르는 소리가 울리더니, 채찍이 쭉 뻗어 나가 남자의 손을 붙들었다.

해냈다!

해결!

그리 생각한 것도 잠시.

"아냐…… 나는, 아니야!"

잡힌 직후에 남자는 날뛰었고, 그대로 채찍의 구속을 빠져나갔다. 물고기를 놓친 것처럼 채찍에서 무게가 사라졌다.

어라? 하고 채찍을 바라보는 나.

사냥감을 놓친 채찍은 그대로 혼자 빙글빙글 감기며 내 손으로 돌아왔다. 대화가 가능한 그런 효과는 없건만, "그것참, 실패했네요" 같은 말을 대수롭지 않게 하고 있는 것만 같은 느낌이 들었다. 그 정도로 자연스럽게 되감겼다.

확실하게 잡을 수 있는 기물이 아니었는지? 저기요?

"우으, 우으으…… 으아아아아아아……!"

첫 공격에 실패한 것으로 운이 다했나 보다. 겁먹은 듯한 표정을 지으며 남자는 그대로 발길을 돌려 마을 저편으로 달려가 버렸다.

"아, 잠깐!"

놓칠 수는 없다.

어쩌면 거리가 미묘하게 멀었는지도 모른다── 나는 채찍을 다시 들면서 남자를 쫓았다.

"리나벨 씨는 거기서 기다려! 금방 잡아 올게!"

보아하니, 다행히도 남자는 발이 느렸다.

내가 쫓아가면 당장에라도 잡을 자신이 있었다.

달려나가는 나.

"아니, 나도 갈래."

그리고 어째선지 옆에는 리나벨 씨.

분명 기다리라고 말했는데.

"어째서……?"

따라오는 거야……? 목숨을 노리고 있는데…….

"상대는 지금까지 몇 명이나 죽여온 살인마잖아? 도망치는 사이에 다른 사람을 노릴 가능성도 있어."

"아니, 뭐 그건 그렇지만."

"게다가 맥밀리아가 살해당하기라도 하면 내가 곤란해."

"걱정해주는 건 감사하지만……."

그래서는 호위를 하는 의미가 그다지 없다고 할까, 뭐라고 할까…….

이야기하면서도 나는 남자를 시선에 포착하며 달렸다. 대체 무얼 겁내고 있는 것일까. 때때로 이쪽을 돌아보면서 도망치는 남자는 시종 공포로 가득한 얼굴을 하고 있었다.

마치 우리 이외에도 무언가에 쫓기고 있는 것 같았다.

무엇이 그리도 무서운지, 나로서는 알 수 없었다.

그에게 지금까지 죽임을 당해온 사람들 쪽이 훨씬 무서워했을 텐데──.

"아니야! 내가 아냐! 내가 아니라고!"

돌아보며 소리치는 남자.

"아니라면 도망치지 말아 주세요!"

정말이지! 하고 나는 채찍을 들었다. 길을 오가는 사람들 사이를 빠져나가며, 목표를 조준했다. 조금 전보다 더 다가가서, 더 확실하게, 잡을 수 있게.

이윽고 남자는 마을의 길 끝—— 분수 광장에 다다랐다.

분수를 중심으로, 원형으로 펼쳐진 광장. 드나드는 입구는 단 하나. 마침 나와 리나벨 씨가 멈춰 선 곳이었다.

즉, 막다른 길. 독 안에 든 쥐.

"우, 으으……."

남자는 분수를 등지고서 우리를 돌아보았다.

역시 겁먹은 표정.

공포에 사로잡혀 있다.

"……단념하세요."

어쩐지 불쌍한 기분이 들었지만—— 어쩌면 뭔가 사정이 있을지도 모르지만, 잡지 않을 수는 없다. 사람을 죽이고 다닌다는 범죄 혐의가 있으니까.

"이야기는 나중에 들을 테니까요."

그러니 지금은 일단, 얌전히 잡혀주세요—— 나는 가능한 한 부드러운 말투로 남자에게 말을 걸었다.

"아냐…… 아냐……."

머리를 끌어안고 있는 남자.

천천히 거리를 좁힌다.

온통 빈틈투성이. 그런 남자를 향해 채찍을 든 채, 나는 접근해 간다. 조금 전 채찍을 썼을 때보다 훨씬 가깝게.

"——이번에야말로."

실패할 수 없다.

단단히 움켜쥐고, 그리고 휘두른다. 살인마 시몬을 잡고 싶다고 하는 나의 바람에 호응하듯이, 바람을 가르며 뻗어가는 가죽 채찍.

그리고 채찍은 옆에서 휘리릭 남자에게 감겼다. 당겨보니 확실하게 느낌이 왔다.

잡았다.

하면 잘하잖아요! 하고 채찍을 쓰다듬어주고 싶은 기분이었다.

"우으…… 으으……."

신음하는 남자. 저항할 기색은 없다. 그저 슬픈 표정을 짓고 있을 뿐.

살인마인 것치고는 너무나도 싱거웠다. 비슷한 생각을 했는지, 리나벨 씨가 내 옆에서 조용히 "정말로 이 사람 맞아……?" 하고 중얼거렸다.

"으……."

그녀의 목소리에 반응한 것처럼 남자는 고개를 들었다.

"으, 도망…… 도망쳐……."

필사적인 표정으로 호소해 온 것은 그런 말이었다.

"도망치라고……?"

살인마는 이미 잡혔는데? 어째서?

"저 사람 무슨 소리를 하는 거야……?" 고개를 갸웃거리는 나.

"글쎄……?" 그리고 리나벨 씨.

잡는 데 성공했으니—— 리나벨 씨에게 보안국 사람을 불러달라고 한 다음, 체포해 가면 일련의 사건은 그것으로 끝.

그럴 터. 그런데 어째선지 뭔가 석연치 않았다.

"도망쳐줘…… 도망쳐……!"

안색을 바꾸고 남자는 소리쳤다.

뭔가가 이상하다.

파직, 채찍에 묶인 남자의 몸통에서 무언가가 떨어졌다. 자세히 보니 희고 옅은 무언가가 팔랑팔랑 남자의 발아래로 떨어지고 있었다.

뭔가 이상하다.

"저기…… 맥밀리아. 뭔가, 이상하지 않아……?"

내 어깨를 잡는 리나벨 씨의 안색이 곤혹으로 물들었다.

남자는 채찍에 제압당한 몸에서 도망치려는 듯이 몸을 떨었다. 그때마다 채찍과 남자 사이에서 옅은 무언가가 흘러나왔다.

"……저게 뭐야."

남자를 바라보면서 나는 중얼거렸다.

남자의 몸과 채찍 사이에 균열이 생겼다.

"으아아아아아아……."

마치 얼음 막 같았다. 쥐어 짜내듯 남자가 그 자리에서 발버둥칠 때마다, 채찍과 남자 사이에 생긴 균열이 온몸으로 퍼져갔다.

몸통에서 다리로.

몸통에서 머리끝까지.

그리고.

"아아아아아아아아아아아아아아아아아아악!"

얼굴이, 몸이, 두 동강 났다.

안에서 엿보인 것은, 완벽하게 똑같은 얼굴을 한 남자. 안쪽에서 남자가 움직일 때마다 바깥쪽의 흐물흐물한 남자가 벗겨져 갔다.

그야말로 탈피 같은 광경.

그런 남자의 모습에 소름이 돋았다.

"꺄아아아아아아악! 저게 뭐야! 징그러워!"

비명을 지르는 것도 무리는 아니라고 생각한다.

흐물흐물한 남자가 원망스럽다는 듯이 우리를 노려본다. 그런가 싶더니 서서히 그 몸이 녹아갔다. 머리끝부터 차례대로, 주르르 발밑으로 흘러내려 갔다.

"저거, 대체 뭐야……?"

비명 같은 목소리는 내 등 뒤에서. 내 소매를 꼭 잡은 손이 떨렸다. 아니, 떨고 있는 것은 내 쪽이었다. 하지만 어쩔 수 없는 일이다. 엄청나게 징그러우니까.

남자에게서 벗겨진 순간 고형에서 젤형으로 모습을 바꾼 무언가는, 주르르 남자 아래로 모이더니 하나의 덩어리로 바뀌었다.

마치 의지를 가진 액체 같았다.

저게 원래 무엇이었는지는 모르겠지만, 기물이라는 것만큼은 틀림없었다.

"……일단 하나 확실해진 것 같네요."

나는 채찍을 들었다.

아무리 생각해도 이상했다. 3개월 전과 어제. 리나벨 씨에게 보내진 메시지는 마치 다른 사람이 보낸 것만 같았다.

그리고 어제 보내진 메시지 속에 섞여 있던 도움을 구하는 말.

"우으……."

젤형의 무언가에서 해방된 남자는 그 자리에 쓰러졌다.

쓰러지는 소리에 놀란 젤형의 무언가는 한순간 움찔하고 튀어 오르더니, 주르륵 우리에게서 멀어지기 시작했다.

나는 알고 있다.

기물 중에는 몸에 걸치기만 해도 사람의 의식을 빼앗고, 다른 사람처럼 바뀌는 물건이 있다는 것을.

"선수 필승!"

젤형의 물건을 잡고 싶다고 바라면서 나는 채찍을 휘둘렀다.

정신 없이 일단 움직였지만, "애초에 채찍으로 젤형의 물체를 잡는 건 무리 아냐? 빠져나갈 거 아냐?"라고 냉정하게 분석하는 내가 머릿속을 스쳐 갔다. 그것도 그렇다.

하지만 그런 내 걱정을 무시하고, 기물인 채찍은 시야 끝에서 뒤쪽을 향해 멋대로 뻗어갔다. 그리고 그 근처에 있던 노점에서 천을 빼앗더니, 휘두르는 내 동작에 맞춰서 남자의 발아래를 향해 뻗어갔다. 이 얼마나 눈치가 빠른지.

그리고서 젤형의 무언가 위로 천이 펄럭하고 뒤덮였다. 채찍은 천 주변을 빙글빙글 뱀이 똬리를 틀듯이 감고 조였다.

물 흐르는 듯한 동작으로 천 안에 갇힌 젤형의 무언가가 날뛰었다. 그러나 천을 죄고 있는 채찍은 리리엘 씨가 말했던 것처럼 한 번 잡은 것을 절대 놓아주지 않았다. 가차 없는 그 모습은 마치 "뭐, 진심으로 하면 이 정도거든요"라며 뽐내는 표정을 짓고 있는 것 같았다. 아니, 그렇게 재주 좋은 짓을 할 수 있으면 처음부터 제대로 잡으라고! 라는 생각을 나는 하지 않을 수 없었다.

아무튼.

"맥밀리아, 대단해! 잡았구나!"

그녀가 무사하니 상관없나, 나는 진심으로 안도했다.

내 뒤에 숨어 있던 리나벨 씨는 내게 달라붙어서 "고마워" 하고 활짝 미소 지으며 기뻐했다.

이걸로 한 건 해결.

보안국 사람들이 소란을 듣고 분수 광장에 나타난 것은 그로부터 얼마 후의 일이었다.

◆

긴 꿈에서 깨어난 것만 같은 기분이었다.

눈을 뜨니 평소와 같은 거리 풍경이 보였다. 아무것도 다르지 않은데 전부 다르게 느끼는 것은 내 몸의 상태가 지금까지와는 전혀 다르기 때문이리라.

몸에 달라붙어 있던 위화감이 전부 사라지고 없었다.

남자는 평소 버릇대로 머리를 끌어안았다. 이렇게 하면 동거인의 목소리가 잘 들렸다.

그러나 아무것도 들리지 않았다.

"머릿속 목소리가, 들리지 않아⋯⋯."

머릿속에는 남자 한 사람뿐.

지금까지 달라붙어 있던 위화감이 없어진 것이다.

"뭐가 어떻게 된 거야……?"

주변을 둘러본다. 최근 일들에 관한 기억이 애매했다.

분수 광장. 평소보다 사람이 모여 있는 것처럼 보인다. 그 대부분이 검은 제복을 걸친 인간. 보안국 직원들이었다. 아무래도 사람들의 광장 출입을 제한하고 있는 듯했다.

사복 차림으로 광장을 어슬렁거리는 것은 몇 명뿐이었다.

"저기, 조금 설명하기 어려운데……, 뭐랄까, 저 남자한테 이기물이 씌어 있었던 것 같고, 그 탓에 나쁜 짓을 한 모양이에요!"

천에 감싸인 무언가를 제압하면서 활발해 보이는 여성이 보안국원에게 설명하고 있었다. 그 뒤에는 아름다운 여성── 비눗방울을 보냈던 적이 있는 그녀다.

두 사람을 향해 고개를 끄덕이면서 보안국원은 "흠흠" 하고 무언가를 메모했다. 때때로 이쪽으로 시선을 돌렸다. 그 눈빛에서는 동정심을 느꼈다.

"……괜찮나요?"

바로 옆에서 목소리가 들렸다.

놀라면서 고개를 돌리자 젊은 보안국원이 내려다보고 있었다.

"아, 죄송합니다! 제가 놀라게 했죠."

남자가 아직 사태를 잘 이해하지 못하고 있다는 사실을 눈치챈 것이리라. 젊은 보안국원은 남자의 옆에 웅크리고 앉아 시선을 맞추고 미소 지었다. 마치 어린아이라도 상대하듯이.

"괜찮아요. 진정하세요. 이야기는 들었습니다. 기물에 씌었던 거죠? 무서운 경험이었겠네요."

하지만 이제 안심하세요, 하고 남자의 어깨에 손을 올리며 기운을 북돋우는 보안국원.

"아, 고······고맙습니다."

남자는 고개를 끄덕이며 보안국원의 손끝을 바라보았다. 희고 가는 손가락. 거기서 팔을 따라 올라가 얼굴을 보았다. 밝은 머리카락, 밝은 표정, 나이는 20대 초반 정도일까.

좋은 재료라고 생각했다.

"본인 이름은 말할 수 있나요?"

보안국원의 질문에 남자는 고개를 끄덕였다.

"시몬······이라고 합니다."

답한 직후에 퍼뜩 놀라곤, 당황한 듯한 표정을 만들었다.

"아, 하지만, 아닙니다······! 사람을 죽인 건, 내가 아니라──."

스스로도 웃길 만큼 뻔뻔한 연기였다.

전부 기억하고 있다.

내 이름은 시몬.

살인마 시몬.

"진정하세요. 저희, 다 알고 있으니까요."

눈앞의 젊은 보안국원은 시몬을 기물에 씌었던 불쌍한 일반인이라 여기는 것 같았다.

"기물이 당신을 사칭하며 생활했던 거죠?"

남자는 고개를 끄덕였다.

거짓말은 하지 않았다.

기물은 분명 반년 전부터 시몬에게 씌어 인간으로서 생활하고 있었다.

다만, 그것은 어디까지나, 평범한 인간으로서의 생활.

시몬은 원래 살인마였다.

10대의 예민한 시기에 시몬은 기물의 매력에 사로잡혔다.

사용법에 따라서는 어떤 일이든 일으킬 수 있는 기물. 시몬은 재미있어 보이는 효과를 가진 물건을 찾아서 사 모으기 시작했다.

처음에는 기물을 이용해 마을 사람들에게 반복해 장난을 쳤다.

예를 들어 함정을 파거나. 예를 들면 음식에 독을 타거나. 기물을 이용한 장난용 장치를 시몬은 작품이라 칭했다. 그러나 금방 싫증을 내는 시몬은 이내 그런 장난으로는 부족하게 되었다. 시몬이 만든 작품에 대한 세간의 반응이 그리 크지 않았던 것도 불만이었다.

그리고서 시몬은 산 기물을 바라보며 공상하는 날들을 보냈다.

어떤 식으로 기물을 쓰면 완벽한 작품을 만들어낼 수 있을지를 생각했다. 시몬에게 있어 살인은 기물에 흥미를 느끼기 시작했던 때 했던 장난의 연장선상에 있는 것이었다. 어떤 소원이든 이뤄줄 가능성을 감추고 있는 기물은 시몬의 공상을 가속시켜갔다.

처음 사람을 죽인 것은 반년 전의 일이었다.

"······아냐."

기물이 태어나는 곳, 대성당 안에서 목을 매단 시체를 연출해

보았다. 그러나 직후에 시몬은 시신 앞에서 고개를 저었다. 몇 번이고 머릿속에서 반복한 공상에는 전혀 미치지 못하는 현실이 그곳에 있었다. 그저 지루했다.

이럴 리가 없는데.

뭐든 가능한 기물을 썼는데, 이 정도인가? 시몬은 낙담했다. 그리고 대성당의 중심에 서 있는 크룰넬비아상을 노려보았다.

"어이, 당신이 만든 걸로 작품을 만들어도 지루함에서 벗어날 수가 없는데. 뭐든 할 수 있는 거면 내 지루함을 어떻게든 해달라고."

상은 답하지 않았다.

이 크룰넬비아상에 빌면 어떤 소원이든 조만간 이루어진다── 그럴지도 모른다. 딱히 기대는 하지 않았지만, 시몬은 동전을 상의 얼굴에 던지며 말했다.

"매일같이 기물을 사는 것도 힘들거든. 요즘엔 무기가 될 법한 기물도 줄고 있고. 뭐든 할 수 있는 기물을 나한테 줘. 작품 만드는 데 쓸 테니까."

그리고 동전이 떨어졌을 때.

운 나쁘게도, 시몬의 당치 않은 소원은, 이뤄졌다.

시몬의 가방 안에서 눈이 부실 정도의 희푸른 빛이 생겨났다. 열어서 안을 확인해보니, 방금 작품을 만드는 데 썼던 것 중 하나── 검은 밀랍이 빛나고 있었다.

빛은 서서히 약해졌지만, 그 대신에 검은 밀랍은 천천히 색을 바꾸어 흰색으로 변해갔다. 열을 가하지 않았는데도 밀랍은 주르륵 녹아서 시몬의 발아래로 흘러 떨어졌다.

『우…… 으으…….』

목소리가 들렸다.

시몬의 발아래── 밀랍이었던 무언가에서 새어 나왔다.

『우으…… 으으으…….』

그것은 시몬의 애매한 소원이 만들어낸 것이었다.

무엇이든 할 수 있는 기물.

원래는 밀랍이었지만, 색을 자유자재로 바꿀 수 있다. 열을 가하지 않아도 액체가 되는 것도, 고체로 돌아오는 것도 가능하다. 어떤 무기든 될 수 있다.

그리고 의사소통도 가능하다. 시몬이 바란 대로, 문자 그대로, 무엇이든 할 수 있는 기물이었다.

시몬의 유일한 오산이 있었다고 한다면, 무엇이든 가능한 검은 밀랍은 주인을 호의적으로 여기지 않는다는 점이었다.

이 남자를 어떻게든 해야만 한다.

줄곧 시몬의 동향을 지켜봐 온 검은 밀랍이 가장 먼저 한 생각은 그것이었다.

『우으으으으…… 으으으아아아아아아아아아아아아아아아!』

날카로운 비명과 함께 밀랍이었던 무언가는 시몬의 눈앞에서 얇게 뻗어 나가 퍼졌다. 마치 크게 입을 벌리듯이.

"──어?"

순식간에 벌어진 일이었다.

하얀 무언가는 시몬을 삼키자마자 쓰러졌다. 꼭꼭 씹듯이 몇 번인가 물결친 후, 시몬의 모습과 겹쳐졌다. 옆에서는 보이지 않을 만큼, 얇게.

그리고 얼마 후, 크룰넬비아상 앞에서 남자는 다시 눈을 떴다.

"저기…… 아무도 안 계십니까……?"

시몬과 겹쳐진 것은 검은 밀랍이었던 것.

무엇이든 가능하다고 하는 소원대로, 시몬의 몸을 빼앗는 것도 가능했다.

몸의 소유권을 빼앗긴 시몬은 검은 밀랍이었던 것이 이어서 시신과 마주하고, 그리고 당혹스러워하며 도망치는 모습을 보면서 웃었다.

확실히, 지루한 날들에서는 벗어날 수 있을 것 같았다.

그 후의 날들은 시몬에게 있어선 나름대로 충실했다.

작품을 만들면 남자가 어쩔 줄을 몰라 한다. 세간의 그 누구도 반응하지 않는 대신에 특등석에서 한 사람의 반응을 지켜볼 수 있는 것이 기분 좋았다.

보람이 있다. 시몬은 작품을 만드는 데 한층 더 빠져들었다. 한 명, 두 명—— 특히 검은 밀랍이었던 것이 친해진 인물을 노리면 더욱 반응이 좋았다.

'……그런 날들도 이제 끝인가.'

아주 조금이지만, 아쉬움도 있었다.

"이쪽이에요. 타시죠."

젊은 보안국원의 목소리에 돌아보았다. 마차 문을 열고서 이쪽을 바라보고 있었다.

"보안국까지 한 번 가주시겠어요? 당신이 직접 자세한 상황을 들려줬으면 합니다."

시몬은 고개를 끄덕이고, 걸으면서 시선을 보냈다. 반년이나 되는 시간 동안 같은 신체를 공유했던 파트너는, 마침 철제 상자에 담기는 중이었다. 정체를 알 수 없는 하얀 덩어리한테서는 이야기를 들은 마음이 없나 보다.

올라탄 마차는 범죄자용 같았다. 좌우에 있는 작은 창으로만 바깥이 보였고, 안쪽에서 여는 것은 불가능했다. 마부와 자신 사이는 철로 칸막이가 되어 있었다.

마치 범죄자 같은 취급에 시몬은 아주 조금 불만을 품었다.

'좀 더 정중하게 대해줬으면 싶은데.'

자신은 인간을 살해하는 기물에 의해 조종당했던 불쌍한 남성이니까.

그리고서 얼마 후 마차의 창이 열렸다. 창 너머에서 이쪽을 들여다본 것은 붉은 머리카락의 아름다운 여성이었다.

"줘."

여성은 담담한 태도로 시몬에게 손을 뻗었다.

무슨 말일까? 고개를 갸웃거리자, 여성은 "기물, 당신 대량으로 갖고 있잖아? 넘겨"라며 다시 손을 뻗었다.

시몬의 작업 도구를 말하는 것인가 보다.

"넘겨야만 하는 겁니까⋯⋯?"

시몬은 불쌍한 피해자를 연기하면서 말했다.

"일할 때 쓰는 거라서요."

내가 했지만 웃음이 터질 만큼 뻔뻔한 연기라고 생각했다.

"규약에 따르면 보안국에 출입할 때는 기물을 일단 맡기게 되어 있어."

그리고 시몬의 연기에 속아서 상냥한 표정을 짓는 붉은 머리 여성의 멍청한 모습에도 웃음이 터질 뻔했다.

"규약인가요…… 그럼 어쩔 수 없죠."

웃음을 참으며 시몬은 작업 도구를 그녀에게 건넸다.

"그럼, 조사가 끝나면 돌려받을 수 있는 건가요?"

"아니."

여자는 시몬의 손에서 작업 도구를 빼앗아 갔다.

그리고 말했다.

"돌려주는 건 당신이 갱생해서 출소한 다음이야."

"……뭐?"

갱생. 출소.

마치 범죄자를 대하는 듯한 취급에 머릿속이 새하얘졌다.

이 여자는 무슨 말을 하고 있는 걸까──.

"응? 뭘 놀라는 거지? 보안국원에게 못 들었어?"

시몬에게 받은 기물을 확인하면서 여자는 지극히 어찌 되든 상관없다는 투로 말했다.

"이제부터 보안국 본부로 당신을 연행해 가서, 가볍게 신문한 다음 감옥으로 보낼 거야. 유감스럽지만 이 기물은 맡아둘게. 죄상에 따라서는 두 번 다시 나오지 못하게 될 테니까. 내가 인수하게 될지도 모르겠는걸."

"무슨 말을——."

"미안. 말하는 걸 잊었네. 내 이름은 리리엘. 보안국과 연계해서 기물 회수를 하고 있어. 당신이 지금까지 구한 기물도, 내 관리하에 들어가게 될 거야."

저기에 있는 하얀 이상한 것도 포함해서——라고 그녀는 말했다.

직후에 남자를 지배한 것은 불합리함에 대한 분노였다.

"웃기지 마! 나는 살인자가 아냐! 저지른 건 저 기물이라고! 내 작업 도구를 돌려줘!"

리리엘이라고 밝힌 여자에게 손을 뻗었다. 경우에 따라서는 이대로 목을 졸라 죽여버릴까 생각했다.

"날뛰지 마."

나무라는 듯한 목소리와 날카로운 통증이 동시에 시몬을 덮쳤다. 우산에 찔린 모양이었다. 여자는 우산 끝을 가볍게 닦으면서 좁은 마차 안에 쓰러져 있는 시몬을 내려다보았다.

"지금까지 실컷 제멋대로 해온 주제에 뻔뻔하네. 우리가 당신 본성을 간파하지 못했을 거라고 생각했어?"

경멸하는 눈빛.

이때야 겨우 시몬은 자신의 착각을 깨달았다.

분수 광장에 모인 보안국원들은 모두, 자신이 검은 밀랍의 시몬——살인자라는 사실을 눈치채고 있었던 것이다.

어떻게 해야 하지.

어떻게 해야 이 상황을 타개할 수 있을까——.

©Azure

"자, 잠깐만! 이야기를, 이야기를 들어줘!"

시몬은 열린 채인 작은 창으로 손을 뻗었다.

"그래. 신문 중에 실컷 들어달라고 해."

리리엘이라고 밝힌 여자는 냉담하게 그 창을 닫았다.

그리고 창밖에서 두 번 노크했다.

출발신호였다.

마부가 말에 채찍을 휘두르는 소리가 울려 퍼졌다.

"그럼 이만. 지루한 옥중 생활을 기대해."

시몬이 마지막으로 본 바깥세상의 주민은 시몬에게 아무런 흥미도 갖고 있지 않은, 지루해하는 시선을 가진 미녀였다.

◆

내가 시몬에게서 빼앗은 물건을 확인하며 돌아오자, 가장 먼저 부끄러워하는 얼굴을 한 맥밀리아가 "죄송합니다…… 착각했어요……"라며 조심스럽게 사죄했다.

아마도, 기물 쪽을 살인마라고 여긴 점을 말하는 것일 테지만.

"당신들에게 그렇게 보이는 것도 어쩔 수 없는 일이지."

나는 위로가 아닌 사실을 말했다.

처음으로 나와 보안국이 시몬을 인식한 것은 1년 정도 전. 당시엔 아직 기물을 써서 행인에게 장난을 칠 뿐이었다.

"그 남자 같은 인간은 언젠가 제어할 수 없게 된다── 그렇게 생각하고 우리는 줄곧 그를 쫓고 있었어. 그런데 반년 전에 사건은 일어나고 말았지."

시몬이 최초로 벌인 살인.

보안국의 수사도 그날을 경계로 한층 더 엄중해졌다. 그러나 시몬에 관해 우리가 아는 것은 이름과 연령뿐. 덤으로 살인을 범한 그 날부터 행동 범위가 지금까지와는 전혀 다른 사람처럼 변했고, 타깃을 정하는 절차도 제각각.

무슨 일이 일어난 것이리라 여기긴 했지만, 설마 기물에 의식을 빼앗겼을 것이라곤 상상도 하지 못했다.

"그나저나, 결국 뭔지 잘 모를 이 기물은 대체 뭔가요?"

맥밀리아가 철제 상자를 들어 올렸다. 안에는 맥밀리아가 잡은 하얀 덩어리가 얌전히 있을 터.

나도 원래 뭐였는지는 잘 모르겠지만.

골동품점을 오래 운영해온 만큼, 어떤 소원이 담겼는지는 왠지 모르게 알아차릴 수 있었다.

"대강, '뭐든 가능하게'라고 바라지 않았을까?"

하얀 덩어리. 아무것도 아닌 잘 알 수 없는 것. 구체적인 소원이 없는 상태로 기도를 바치고, 그것이 우연히 이루어졌을 때 이러한 형태가 되는 일이 종종 있다.

무엇이든 될 수 있게, 아무것도 아닌 것으로 가지고 있던 물건이 변화한다.

"오호라…… 뭐든 가능하니까, 말도 할 수 있다는 건가요……?"

철제 상자에 귀를 바짝 대면서 그녀는 말했다.

그런 짓을 하지 않아도 상자 안에서 훌쩍이는 소리는 나한테도 들리거든.

"줘봐."

맥밀리아의 손에서 철제 상자를 받아 들었다.

그리고 나는 그 자리에 상자를 내려놓고, 열었다. 조금 전까지 젤형이었던 것은 하얀 덩어리 상태로 상자 구석 쪽에서 작은 사각형이 되어 있었다.

딱히 관계는 없지만 동양의 음식 중에 두부라는 게 있었지…….

"안녕."

두부……가 아니라 네모난 덩어리에 말을 걸었다. 파르르 떨면서 덩어리는『히익』하고 작게 지명을 질렀다.

"지금 이야기할 수 있겠어?"

가능한 한 부드럽게 말을 걸자, 하얀 덩어리는 위아래로 떨렸다. 끄덕이고 있나 보다.

맥밀리아, 그리고 친구가 흥미 깊게 지켜보는 가운데, 나는 말을 이었다.

"네 주인은 지금 보안국으로 연행되어 갔어── 험한 꼴을 당했네. 괜찮아?"

질문한 직후에 가로로 흔들렸다.

『무, 무서웠어……요.』

그렇겠지.

살인마와 반년이나 동거했던 거니까.

"너한테 묻고 싶은데, 앞으로 어떡하고 싶어?"

평범한 물건으로 돌아갈래? 아니면 기물로서 살아갈래? 나는 하얀 덩어리에게 선택을 맡겼다.

그러면서도 물을 필요도 없는 일이라고 생각했다. 지금 하얀 덩어리는, 무리한 소원 탓에 원래 모습을 잃고 아무것도 아닌 것이 되어버렸으니까.

『원래대로 돌아가고 싶어, 요……! 저, 원래는 밀랍이고, 까맣고, 그리고, 저기, 사실은 이런 모습이 아니에요……! 더, 제대로 다뤄지고 싶어요……!』

지리멸렬해지면서도 필사적으로 호소한다.

검은 밀랍의 시몬. 우리가 그리 불렀던 것은, 그가 범행 때마다 작품이라 칭한 것에 반드시 검은 밀랍으로 실링 스탬프를 찍기 때문이었다.

검은 밀랍으로서도, 본래의 용도와 동떨어진 방법으로 사용되는 것은 견디기 힘든 고통이었으리라. 목적도 아무것도 없는 기도 탓에 아무것도 아니게 되어버린 것도 역시, 고통의 날들이었으리라.

물건으로서도, 기물로서도, 올바른 용도로 쓰이지 못했으니까.

"이쪽으로 오렴."

나는 장갑을 벗고 손을 뻗었다.

하얀 덩어리는 주르륵 녹는가 싶더니, 철제 상자 안을 기어 나와 내 손으로 뛰어올랐다. 아주 조금 차가웠다.

『고맙, 습니다──.』

하얀 덩어리가 떨렸다.

나는 고개를 끄덕이며 답했다.

"천만에."

흔하디흔한 대화를 나눈 다음, 나는 힘을 실었다. 직후, 하얀 덩어리는 창백한 빛에 감싸여 모습을 바꾸었다.

말을 하는 일도 없었고, 움직이는 일도 없었다.

문자 그대로 무엇 하다 특별할 것 없는 자연스러운 모습으로 돌아온 검은 밀랍은 내 손 위에서 데굴, 굴렀다.

◇

리나벨 씨에게 다시 라이브 초대를 받은 것은 그로부터 며칠 후의 일이었다.

지난번과는 다르게, 이번엔 리리엘 씨도 함께였다. 평소 홍차를 즐기며 골동품을 다루는 그녀에게 있어 재즈 밴드 라이브 감상은 처음 하는 경험이었는지, 주변 반응을 살피며.

"예, 예이."

그렇게 분위기를 맞춘다고 하는, 어떤 의미에서 참신한 자세로 라이브를 즐기고 있었다.

말하길, 사건 후에 시몬은 무사히 감옥으로 보내지게 되었다고 한다. 지금은 크룰넬비아의 교외 어딘가에서 죽은 듯이 감옥살이를 하고 있다고 한다.

부디 두 번 다시 나오지 않았으면 좋겠네요. 들은 이야기에 따르면 잔인한 살인범인 것 같으니까.

"오락이 넘쳐나는 이 나라에서 지루함을 한탄하다니, 상당히 제멋대로인 범인이라니까."

무대 위에서 트럼펫을 부는 리나벨 씨를 바라보면서 리리엘 씨는 한숨을 내쉬었다.

떠올린 것은 며칠 전—— 살인마였던 쪽의 시몬이 리나벨 씨에게 보냈던 말들.

"귀에 거슬리는 음악." "시끄러워." "죽여버린다."

말 그대로라면, 적어도 시몬에게 그녀의 음악은 즐거운 것이 아니었나 보다.

그가 공연장 안에서 리리엘 씨처럼 "예이" 하고 주변 분위기에 맞추는 것이 가능한 사람이었다면, 사건은 일어나지 않았을까?

서로 이해할 수 없는 것은 슬프다.

그 탓에 사람이 불행해지는 것은 더욱 슬프다.

"……응?"

쉽지 않은 생각에 한참 빠져 있던 때의 일이었다. 곡이 끝나고, 공연장이 박수와 열기에 휩싸인 가운데, 둥실둥실 작은 비눗방울이 떠다녔다.

기물이라는 것은 일목요연했다. 떠 있는 비눗방울은 마치 이끌린 것처럼 객석 위를 그대로 통과해 이쪽을 향해 왔다.

"마음 비누구나."

그게 기물의 이름인가 보다. 리리엘 씨가 끄덕이면서 바라본 곳에는 작은 용기를 손에 들고, 이쪽을 향해 미소 짓고 있는 리나벨 씨의 모습이 있었다.

그리고 비눗방울이, 내 가슴께에서 팡하고 터졌다.

천천히 가슴으로 스며드는 것은, 주인── 리나벨 씨가 내게 품고 있던 마음들.

"그녀가 뭐래?"

내 옆에서 리리엘 씨가 부드러운 표정을 지으며 고개를 갸웃거리고 있었다.

무어라 대답하면 좋을까. 나는 부끄러움에 붉게 물들고 있는 얼굴을 들키지 않도록 리나벨 씨에게서 시선을 돌리면서 답했다.

"……그런데, 리리엘 씨. 마음 비누의 효과는 대체 뭔가요?"

"말하기 어려운 것이나 부끄러운 것을 주변에 들키지 않고 특정 인물에게만 전하는 기물이야. 예전엔 연인 사이에서 편지를 대신해 쓰였다고 들었어."

"……과연."

그렇다면 내가 리리엘 씨에게 답할 말은 하나뿐이리라.

나는 오른손 검지를 입에 가져다 대면서 말했다.

"비밀이에요."

기물은 올바른 용도로 써줘야만 하니까요.

◆

"저기, 골동품점 사장님. 그 아이를 이제부터 어떻게 하실 셈인가요?"

사건이 끝난 직후의 일이었다.

맥밀리아의 친구── 리나벨 씨가 내게 물었다.

그 아이? 하고 생각하면서 그녀의 시선을 따라가 보았다. 그 눈은 검은 밀랍을 내려다보고 있었다.

어떻게 할 셈인지 물은들 나는 대답하기 곤란할 뿐이었다. 어떻게 할 셈이 없었으니까.

"괜찮다면 그거, 제가 받아도 될까요?"

그래서 그녀의 제안에는 조금 의문을 느꼈다.

이제는 그저 평범한 검은 밀랍.

"어떻게 할 셈?"

질문받은 말을 나는 그대로 리나벨 씨에게 던지고 있었다.

그녀 안에서는 이미 답이 정해져 있었는지도 모른다. 나를 바라보면서, 그녀는.

"모처럼 원래 모습으로 돌아갈 수 있었으니까, 올바른 용도로 써주고 싶어요."

그렇게 답했다.

본래 검은 밀랍은 편지를 봉하기 위해 쓰이는 것.

그리고 검은 밀랍 자신이, 원래의 용도로 쓰이고 싶다고 바라고 있다.

여기서 거절할 이유도 없었다.

"여기."

어차피 소유자는 이제 두 번 다시 나타나지 않을 테니까——하고 나는 그녀에게 검은 밀랍을 건넸다.

"고맙습니다."

다음에 제대로 보답하게 해주세요—— 그녀는 나와 맥밀리아에게 깊게 고개를 숙였다.

편지를 내 가게로 보내온 것은 그로부터 며칠 후의 일이었다.

맥밀리아의 집에도 마찬가지로 편지가 보내져 왔다고 하니, 내용물은 펼쳐보지 않아도 알 수 있었다. 라이브 티켓과 감사 편지가 들어 있는 듯했다.

편지의 봉랍은 아직 열지 않았다.

"당신은 지금, 행복해?"

편지를 바라보면서 나는 물었다.

대답은 당연히 없었다.

그러나 분명 행복하리라.

검은 실링 스탬프는, 편지에 적힌 마음을 제대로 지키고 있었으니까.

제 3 장

그것은 여름이 오기 조금 전의 일이었다.

"그게, 요즘 잠을 좀 못 자서요."

그날, 골동품점 리리엘을 찾아온 것은 20대 중반의 남성이었다. 피곤해 보이는 모습으로 미소를 지으며 남성은 내게 사정을 이야기했다. 말하길 밤늦게까지 일이 계속되는 탓에 좀처럼 잠들 수가 없다고 한다.

그것참 큰일이다.

나도 이래저래 몇몇 회사를 전전한 덕분에 그러한 회사와 만난 경험이 있는데, 잠을 못 자면 다음 날 일에 지장이 생기고, 일의 진행이 더뎌지는 탓에 더욱 일이 늦어지고, 그 결과 더욱 잠을 잘 수 없게 된다. 상황에 따라서는 산더미처럼 쌓인 일이 스트레스가 되어 잠을 못 자는 데 박차를 가한다고 해도 좋다. 최악의 악순환.

"수면 부족은 정말로 힘들죠……. 그 기분은 아주 잘 압니다……."

"어째서 울고 있는 건가요?"

이런, 안 되지.

지나치게 동정해버렸나 보다. 그러나 뭐가 어찌 되었든 손님의 기분은 그야말로 눈물이 날 정도로 잘 아는지라, 나는 무슨 일이 있어도 그의 힘이 되어주고 싶다며 팔을 걷어붙였다.

"잠을 못 잔다면, 좋은 기물이 있습니다!"

그리고 나는 가게 안을 훌쩍 걸어가 끄트머리 쪽의 선반에서 베개 하나를 꺼냈다. 그 모습은 그야말로 가게의 재고를 전부 완벽하게 파악하고 있는 종업원다움으로 가득했다. 기특해.

"오늘부터 이걸 써보세요! 푹 잘 수 있게 될 겁니다!"

자, 여기요! 하고 나는 손님에게 베개를 건넸다.

"……이건?"

어떤 기물인가요? 하고 고개를 갸우뚱하는 손님.

후후후, 설명해드리죠.

"그거, 이름은 숙면 베개라고 합니다."

뻐기는 표정으로 답하는 나.

"효과는 이름 그대로. 베개를 쓰는 동안은 매일 피로가 싹 풀릴 때까지, 푹 잘 수 있게 해주죠."

"오오……! 대단한 기물이군요!"

놀라 감동하는 손님의 손안에서 바스락하고 소리를 내는 흰 베개 기물 군. 동양 쪽에서는 베개 소재로 식물 씨앗의 껍질을 쓰는 일도 있다고 하는데, 원래 소유자는 그쪽 출신인지도 모른다.

"안의 소재 감촉은 좀 독특하지만, 쓰면 바로 잠들어 버리니까 신경 쓰이지 않을 거라고 봅니다."

경험자는 말한다.

사실 최근 들어서 상품 설명을 적절히 하기 위해서 정기적으로 기물을 시험 삼아 써보고 있습니다. 숙면 베개도 그중 하나. 효과는 종업원의 보증이 붙었다고도 할 수 있었다.

"아, 하지만 주의 사항도 하나 있는데요."

기물은 편리하지만, 사용법에는 주의가 필요하다. 특히 이 숙면 베개는 판매 방법이 조금 특수하기도 하다.

"이 베개는 여기서 판매하는 상품이 아니라, 어디까지나 대여하는 상품으로 취급되고 있습니다. 그러니까 다 쓰고 나면 반드시 반납을 해주셨으면 합니다."

기본적으로는 특별한 사정이 없으면 한 달 이내의 반납을 요구하고 있다. 대여료는 선불. 오늘 자로 지불할 것. 등등 판매 전의 주의 사항을 이러쿵저러쿵 여차여차 늘어놓는 나.

"……어째서 판매하지 않는 건가요?"

손님은 좀처럼 석연치 않다는 표정을 짓고 있었다. 편리한 기물이니 갖고 싶어질 만도 하다.

"그 질문에는 내가 답할게."

가게 안쪽에서 대화에 끼어드는 목소리가 하나. 가게 주인인 리리엘 씨였다.

그리 넓지 않은 가게 안. 전부 들렸을 우리의 대화를 듣고 있던 그녀는 담담한 모습으로 말을 꺼냈다.

"숙면 베개는 어디까지나 응급처치를 위한 기물이야. 잠들지 못하는 원인을 없앨 때까지의 일정 기간, 수면을 보조하기 위해 써줬으면 해."

잠들지 못하는 원인은 사람에 따라 제각각. 손님의 경우엔 바쁜 업무. 그 외에는 스트레스나, 생활 리듬이 깨졌거나, 이런저런 이유가 많겠지만, 숙면 베개를 쓰면서 그런 생활을 계속하면 언젠가 다시 몸에 지장이 오리라는 것은 불을 보듯 뻔했다.

인간, 본래 자연스럽게 잠드는 것이 제일 좋은 법이니까.

"이 베개를 빌리고 싶다면, 한 달 이내에 생활을 정비할 수 있도록 노력해줬으면 하는데."

가능하겠어? 하고 묻는 리리엘 씨. 감정하듯이 바라보고 있었다.

손님은 베개로 시선을 떨어뜨렸다. 그리고 답했다.

"……지금은 일 탓에 잠들지 못할 뿐이니까, 정리가 되면 이 베개도 필요 없게 될 거라고 생각합니다."

그 말이 의미하는 바는 명백.

"대여를 부탁드립니다."

손님은 리리엘 씨의 주의 사항을 들은 후에 다시 한번 부탁을 했다. 잠들지 못하는 날들이 상당히 심각한가 보다. 잠들지 못하는 날들의 괴로움을 아는 나로서는, 이걸로 손님의 커다란 고민이 사라질 거라고 생각하자 자신의 일인 양 기쁜 생각이 들었다.

"잘됐네요……."

"어째서 울고 있는 건가요?"

이런, 안 되지.

아무튼 이걸로 계약은 성립. 와아 하고 기뻐하며 나는 베개를 다시 받아서 봉투에 담았다. 그리고 신분증을 제시받아 기재한다. 이름은 레오 씨. 나이는 25세. 사는 곳은 마을 변두리 쪽.

"이걸로 내일부터 안심하고 일을 시작할 수 있겠어."

안심한 얼굴로 그는 내게서 봉투를 받아 들고 미소를 지었다. 몇 번 만져본 것만으로 숙면 베개의 효과가 나올 리 없을 테지만,

어쩌면 어떤 효과가 있었는지도 모른다. 혹은 오늘부터 잠들 수 있다고 하는 안도감 덕분인지도 모르고.

그 얼굴은 가게에 들어왔던 때보다 조금 편안해 보였다.

◆

그날부터 레오는 숙면 베개를 써서 잠들었다.

점원인 맥밀리아가 말했던 대로, 효과는 절대적인 것이었다. 침대에 누워서, 머리를 숙면 베개에 얹는다. 바스락하는 하얀 커버 아래의 단단한 감촉을 느끼며 눈을 감고, 정신을 차려보면 아침.

언제 잠들었는지도 모를 만큼 간단히 잠들 수 있었다.

"이거 정말 좋은데."

쾌적하게 잠에서 깨어난 덕분에 하루의 일은 기분이 좋을 만큼 무난하게 진행되었다. 그리고 평소처럼 정시에 퇴근한 다음, 밤이 되자 나는 평소처럼 근처 술집으로 걸음을 옮겼다.

"──그래서, 숙면 베개라는 기물을 지금 빌려서 쓰고 있는데, 엄청나게 기분 좋게 잘 수 있거든."

술자리에서 레오는 어제부터 오늘 아침에 걸쳐 일어난 일을 동료에게 자랑하듯 이야기했다.

하나 거짓말을 했다.

근무하는 회사는 딱히 바쁘지 않고, 잔업도 하지 않는다. 매일매일의 스트레스는 없고, 괴롭지도 않다. 자는 시간이 부족한 것은 그저 일을 마친 후에 친구들끼리 밤늦게까지 떠들썩하게 보내기 때문이다.

"좀 불쌍한 사회인인 척을 했더니 베개를 추천해주더라고."

골동품점 안쪽에 있던 붉은 머리카락을 가진 가게 주인의 분위기로 봐서는, 진짜 이유를 이야기했다면 대여를 허가해주지 않았을 것이다.

눈물을 흘리며 자신의 가짜 처우에 동정했던 종업원의 얼굴을 떠올린 레오는 소리 높여 웃었다.

"멍청한 종업원 덕분에 나는 앞으로 매일 숙면이라니까."

매일 늦게까지 술을 마시고 다닌 탓에 업무 중에 종종 졸음이 덮치는 일이 있었다. 그때마다 상사에게 근무 태도를 지적받았는데, 앞으로는 그럴 걱정도 없다.

"좋겠다." "저기, 나한테도 그 베개 좀 빌려줘."

언제나 늦게까지 함께 마시고 다니는 건 학생 시절부터 속속들이 다 아는 친구들.

언제부터 모이기 시작했는지는 기억나지 않는다.

서로 지루한 업무 스트레스의 배출구를 찾아서, 언제부턴가 빈번하게 얼굴을 마주하게 되었다.

"인기 있었으면 좋겠다." "부자가 되고 싶다." "더 잘 먹고 잘살고 싶다."

여기서 나누는 대화는 언제나 비슷한 것뿐.

욕심 넘치는 친구들이 이번에는 숙면 베개를 부러워했고, 레오는 코웃음을 치면서 "웃기지 마" 하고 고개를 저었다.

빌리기 위해 돈을 낸 건 레오 자신.

남에게 베개를 넘길 마음은 털끝만큼도 없었다.

'이런 좋은 기물, 남에게 넘길까 보냐.'

진심으로 그렇게 생각했다.

아무리 무모한 짓을 해도 숙면 베개는 레오를 쾌적한 수면으로 이끌어주었다. 자고 나면 피곤은 풀린다. 피곤이 풀리면 마음에 여유가 생긴다.

지금까지는 그저 타성에 젖어서 했던 일도, 밤에 놀기 전의 몸풀기라고 생각하면 나름대로 해낼 수 있게 되었다.

"요즘엔 상태가 제법 좋은데."

숙면 베개를 구한 지 얼마 안 되었을 때, 상사가 레오의 어깨를 두드렸다.

친구들과의 날들도 충실했다. 몇 시까지고 떠들썩하게 즐길 수 있었다. 문자 그대로 시간을 잊고서 레오는 하루하루를 구가했다.

"……오늘은 이쯤 하자." "그래, 내일도 일찍 일어나야 하니까——."

레오가 숙면 베개를 구한 후부터, 밤이 깊어지면 친구들이 아주 조금 지친 기색으로 슬며시 그런 말을 하면서 해산하게 되었다.

'……나는 아직 더 놀고 싶은데.'

그 후 레오는 심야 시간에도 영업하는 가게를 찾게 되었다.

숙면 베개를 쓰면 어차피 잠들 수 있으니까.

이윽고 밤에 가라앉은 거리에서 레오는 불빛을 발견했다. 비척비척 불빛에 이끌리듯 걸음을 옮겼다. 작은 바였다.

사람들의 수면을 방해하지 않기 위해 조심하듯 조용했고, 차분한 조명의 가게 안에는 몇몇 손님이 보였다.

혼자 카운터석에 앉았다. 맞은편에 서 있는 것은 장년의 남성. 무얼 마시겠냐는 질문을 받고 적당하게 와인을 주문했다.

얼마 후 눈앞에 놓인 잔을 기울였다. 차분한 분위기에 어울리는 차분한 맛.

언제나 시끄럽게 마셔댄 레오로서는 조금 부족한 느낌도 들었지만, 그것도 아주 잠시였다.

"여어, 형씨. 못 보던 얼굴인데."

갑자기 누군가 어깨를 두드렸다. 돌아보니 체격 좋은 남자가 서 있었다. 남자는 자신을 회사 경영자라고 소개했다. 젊은 남자가 혼자서 마시고 있는 것에 흥미를 느꼈나 보다.

"동료끼리 지금 한잔하고 있는데, 괜찮다면 같이 어떤가?"

남자는 등 뒤를 손가락질하면서 물었다. 시선을 보내니 조금 화려한 남녀 몇 명이 이쪽을 향해 손을 흔들고 있었다.

"네, 뭐……."

딱히 어느 쪽이든 상관없었지만, 레오는 남자의 제안에 고개를 끄덕이고 자리를 옮겼다.

그날은 결국 아침까지 마셨다.

자신이 모르던 세계였다. 레오가 평소 마시지 못할 만한 가격의 병을 차례차례 여는 남자들. 아름다운 여성에 둘러싸여 남자들과 레오는 이야기했다. 평소 친구들과 지낼 때는 맛볼 수 없던 자극이 있었다.

다음 날도 숙면 베개 덕분에 아침에 평소대로 눈을 뜰 수 있었다.

그날도 가볍게 업무와 친구들과의 모임을 소화하고 바로 향했다. 어느샌가 밤의 세계에서 새로운 자극을 접하는 것이 하루의 즐거움이 되어 있었다.

그렇게 레오의 일상이 모습을 바꾸어가던 어느 날의 일이었다.

"……어라?"

평소처럼 숙면 베개를 쓰고 눈을 뜬 레오.

그날은 눈을 뜬 순간부터 이미 위화감이 들었다. 평소보다 햇빛이 눈 부시다. 시선을 시계로 보냈다.

시각은 한낮을 가리키고 있었다.

"요즘 상태가 괜찮다 싶더니만. 결국 원래대로인가."

서둘러 출근한 레오를 상사는 실망한 모습으로 맞았다.

숙면 베개를 썼는데 대체 어째서―― 의문이 끊이지 않는 중에 레오는 일을 했다. 그날은 잔업을 했다. 친구들 모임에는 늦게 합류했고, 바에는 어제와 같은 시각에 향했다.

그다음 날도 일어난 시간은 한낮이었다.

이틀 연속으로 지각을 한 레오를 보며 상사는 다시 한숨을 내쉬었다.

"대체 어떻게 된 건가? 요즘 자네 이상하다고."

원인을 질문받았지만 레오도 대답할 수 없었다. 숙면 베개를 쓰고 있는데 어째서 한낮에 일어나는 것일까.

"죄송합니다……. 주의하겠습니다."

그저 그 상황을 모면하려고 반성하는 분위기를 꾸며냈다. 회사는 밤의 즐거움을 위한 몸풀기일 뿐이니까.

어느샌가 친구들과의 모임도 바에 가기 전의 시간 때우기가 되어 있었다.

"……너, 요즘 좀 이상해.""제대로 집중을 못 하잖아?"

어서 바에 가고 싶었다. 평소보다 일찌감치 마무리하려 하는 레오를 보며 친구들은 얼굴을 찌푸렸다.

"미안. 내일은 좀 일이 있어서 일찍 자야 할 것 같아."

뻔히 보이는 거짓말이었다.

"아, 그래…….""뭐 딱히 상관없지만……."

친구들의 반응은 냉담했다.

그런 친구들의 태도에 레오는 그저 답답함을 느꼈다. 어느샌가 심야에 가는 바를 자신이 있어야 할 곳으로 여기게 되었기 때문이다.

"정말 재밌는 녀석이라니까."

회사 경영자인 남자는 특히 레오를 마음에 들어 했다.

"너, 우리 회사에서 일해볼래?"

농담처럼 그런 말을 했을 정도다.

심야에 만나는 남자는 척 보기에도 부자였다. 레오의 가슴이 더욱 두근거렸다. 조금 더 아첨을 떨어서 지금 생활에서 벗어나고 싶다. 하찮은 녀석들과의 인연을 끊고 싶다. 생각대로 아침에 일어나지 못하는 생활이 방해를 한다.

몹시도 난처해진 레오는 이전에 방문했던 골동품점 리리엘과는 다른 골동품점을 찾아갔다.

"그게, 요즘 아침에 잘 일어나질 못해서 힘들거든요."

정말이지 괴롭다는 표정을 만들어 보이며 사정을 이야기한다.

"일이 바빠서, 아침 일찍 일어나야 하는데, 매번 지각 아슬아슬
이라……."

물론 거짓말이었다.

그러나 골동품점 주인이 알아차리는 일은 없었다. 레오의 곤란
한 상황을 동정했다.

그리하여 권유받은 것이 알람 시계였다.

레오는 망설임 없이 구입했다. 기물이 가진 대단한 힘은 숙면
베개로 이미 체험했다.

알람 시계가 가진 효과는 매우 단순했다. 설정한 시간에 알람
이 울리면, 확실하게 일어날 수 있다. 그저 그것뿐.

"이거 좋은걸."

그다음 날, 레오는 오랜만에 평화로운 아침을 맞이했다.

그러나 숙면 베개와 알람 시계를 병용하기 시작한 지 사흘이 지
났을 무렵에 이번에는 온종일 엄청나게 졸음이 쏟아졌다.

"어이, 이봐. 괜찮은 거야?"

회사 상사는 걱정하며 레오를 조퇴시켰다. 상사의 호의를 받아
들여 귀가하는 도중, 머릿속으로 한 생각은 다음에 살 기물에 관
한 것뿐이었다.

'알람 시계와 베개의 병용으로도 안 되는 건가……. 밤이 될 때
까지 졸음이 사라지는 그런 기물을 사야겠어.'

멍한 머리를 열심히 굴렸다.

바에서 만난 남자와의 약속이 있었다. 오늘 밤 만나면 일을 소개해주기로 했다. 아첨을 계속해서 겨우 잡은 기회였다. 놓칠 수는 없었다.

그렇게 골동품점으로 걸음을 옮기던 도중의 일이었다.

"안녕하세요."

목소리가 들렸다.

"곤란해 보이시는데."

무슨 일인가요? 고개를 갸웃거린 것은 상복 같은 검은 옷을 입은 한 여성. 카렌듈라라고 자기소개를 한 그녀는 자신이 골동품점 카렌듈라라는 가게를 운영하고 있다고 밝혔다.

운이 좋다.

레오는 사정을 가볍게 설명했다. 카렌듈라는 세심하게 이야기를 들어주었다.

"과연…… 그거 큰일이네요."

과장되게 미간을 좁히며 걱정한 카렌듈라는 이어서 기물 하나를 레오에게 건넸다.

"이걸 이용해보세요. 잠기운 같은 건 바로 사라질 거예요."

홍차 찻잎.

기물이 가진 힘을 아는 레오는 곧바로 구입해 귀가했다.

카렌듈라가 이야기한 대로, 홍차를 마시면 확실히 졸음은 날아갔다. 심지어 활력이 무한하게 몸속에서 솟구치는 것 같은 느낌조차 들었다.

"이거 좋은걸."

그날 밤도 레오는 바로 향했다.

아무런 걱정도 없이, 모든 것이 순조롭게 진행되리라 진심으로
믿으면서.

◇

장마가 끝나고, 바람은 시원하고 공기는 바싹 말라 있었다.

초여름이 왔다.

"실례합니다."

그날, 나는 지도를 한 손에 들고 마을 변두리 쪽을 방문했다.
별로 와본 적 없는 곳이라 목적지에 도착하기까지 몇 번이나 길
을 헤매는 꼴이 되었다.

목적지에 도착한 것은 점심 무렵.

"레오 씨? 안녕하세요. 골동품점 리리엘에서 왔습니다만."

공동 주택의 한 곳. 문에 문패는 없었다. 한 달 전에 계약했을
때의 정보가 틀림이 없다면, 이 방에 살고 있을 터.

그러나 아무리 노크하며 불러봐도 대답은 없었다.

"…………."

휴일 낮이니 외출한 거려나? 그런 생각이 머릿속을 스친 직후
에 아니 아니 잠깐만 하고 고개를 저었다. 시선을 내린 끝에 있는
것은 우편함.

편지와 전단이 가득해 당장에라도 토해낼 것만 같을 정도로 꽉

차 있었다.

즉, 편지나 전단을 제대로 보지 않고 있다는 뜻이다.

바꿔 말하자면, 오랫동안 돌아오지 않았거나, 혹은 줄곧 집 안에 있거나, 둘 중 하나일 수 있다는 뜻이다.

혹시나 하고 문에 손을 대 보았다.

철컥.

"어라——."

열렸다.

집 안에 있는 거라면 조심성이 없고, 오랫동안 돌아오지 않은 거라면 더더욱 조심성이 없다.

대체 어떻게 된 거지? 혼란스러워하며 나는 그대로 문을 열고, 안을 슬쩍 들여다보았다. 직후에 문을 힘껏 열고서 안으로 뛰어 들어갔다.

"저, 저기요……! 정신 차리세요! 레오 씨!"

홍차 향기가 가득한 방 한가운데.

바닥에 레오 씨는 쓰러져 있었다.

숙면 베개가 놓인 침대 바로 앞에서, 힘이 다한 것처럼.

"생명에 지장은 없다나 봐."

쓰러진 레오 씨를 곧장 병원으로 데려갔다.

함께 따라와 주었던 리리엘 씨가 대기실에서 기다리고 있던 내게 의사에게 들은 내용을 그대로 전해주었다.

"피로가 심해서 의식을 잃은 모양이야. 마침 어제 쓰러진 것 같고. 회수하러 가서 다행이었어. 네가 발견하지 못했다면 목숨을 잃었을 가능성도 있으니까."

"그렇게나 일이 바빴던 걸까요……?"

"그렇지 않을지도."

고개를 저었다.

레오 씨가 쓰러진 것은 근무처의 상사에게도 전했다. 리리엘 씨가 들은 이야기로는, 요즘 들어서는 일도 별로 안 했다고 한다.

"게다가, 애초에 직장에서는 언제나 정시에 돌아갔대."

일이 바빠서 숙면 베개를 쓴다고 하는 이야기와 모순되어 있다.

우리는 아무래도 속은 모양이었다.

"우으…… 거짓말을 간파하는 기물 같은 건 없나요?"

"무슨 일이든 기물에 의지하는 건 좋지 않아."

아무튼 숙면 베개는 회수할게——하고 한숨을 내쉬며 걸음을 옮기는 리리엘 씨.

회수한 다음엔 어찌할 셈일까.

"해주하는 건가요?"

그리 물은 내게 그녀는 고개를 저어 보였다.

"베개 그 자체엔 아무런 죄도 없어."

그리고 레오 씨가 여전히 잠들어 있는 병실을 돌아보면서, 그녀는 말했다.

"죄는 언제나 쓰는 쪽에 있지."

◆

"그렇습니까……."

레오가 눈을 뜬 것은 그다음 날이었다. 지난 며칠의 기억이 없다.

자신에게 일어난 일을 설명하는 의사에게 고개를 끄덕이면서, 레오는 뚫린 구멍을 메워갔다. 기물의 과잉 사용. 베개에 알람 시계, 그리고 홍차. 여러 개를 계속 쓰다가 몸이 갑자기 한계를 맞이했나 보다.

옆에서 보면 어리석은 데도 정도가 있지 싶은 일이었다.

"당신 방에 있던 기물은 전부 우리 가게에서 회수했어."

의사 옆에서 팔짱을 끼고 이쪽을 내려다보는 것은 붉은 머리카락의 여성. 한 달 전에 딱 한 번 갔던 골동품점 리리엘의 주인이었다.

"숙면 베개와 알람 시계, 그리고 홍차도."

전부 골동품점 리리엘 쪽에서 처리한다고 한다. 원래 반납해야 했던 숙면 베개 이외의 기물에 관해선, 매입이라는 형태로 처리했다고 한다. 리리엘은 레오에게 약간의 돈을 건넸다.

일방적인 결정이라 여겨졌지만, 항의할 마음은 전혀 들지 않았다.

아직 머릿속이 멍한 건지도 모른다.

골동품점 리리엘의 주인의 얼굴을 올려다보았다.

차가운 표정으로 이쪽을 보고 있었다.

"두 번 다시 우리 가게는 이용하지 말아줘."

당신 같은 인간이 기물을 쓰는 건 곤란해——하고 그녀는 혐오감을 감추지도 않고 단도직입적으로 말했다.

"앞으로 다시는 기물과 얽히지 않는 편이 좋을 거야. 당신 같은 인간에게는 과한 물건이니까."

다음엔 정신을 잃는 정도로는 끝나지 않을 거야.

군청색 눈동자가 레오를 노려보았다. 숙면 베개를 사용할 때 거짓말을 늘어놓으며 속였던 레오에 대한 분노이기도 했고, 레오 자신의 안전을 걱정한 경고이기도 했다.

"…………."

그녀의 말을 들으면서 레오는 멍한 머릿속으로, 생각했다.

'다시는 기물을 쓰지 말아라, 라……'

떠오른 것은 숙면 베개를 처음 썼던 날의 일. 친구들이 보내던 선망의 시선. 새로운 만남. 인맥 만들기, 순풍에 돛 단 듯한 사생활.

'그런 좋은 걸, 놓아버릴 순 없지.'

농담이 아니다.

이번엔 우연히 방법이 안 좋았을 뿐이다. 다음에야말로 제대로 영리하게 써 보이리라.

한 번 실패한 정도로 기물에서 손을 뗄 마음 따위는 털끝만큼도 없었다.

그래서.

"그러네요……. 앞으로는 기물을 쓰지 않겠습니다."

레오는 또, 거짓말을 했다.

기도의 나라의
리리엘

Riviere
and the nation
of the prayer

제 4 장

"대체 어떻게 된 거야⋯⋯?"

그날, 리리엘 씨는 내가 가게에 도착하자마자 경악한 표정을 지으며 눈을 크게 떴다. 말도 안 돼. 그런 바보 같은. 믿을 수 없어── 그녀의 입은 떨리면서 차례차례 말을 뱉었다.

그녀가 당황하다니 별일이다. 그래서 나는 고개를 갸웃거리며 "왜 그러시나요?" 하고 말을 걸었다.

그런 마음 착하고 자애 넘치는 종업원인 내게 리리엘 씨는 눈을 크게 부릅뜨고서, 말했다.

"금고에서 돈이 몽땅 사라졌어."

우와 큰일이야.

"심각한 사태로군요."

나는 가능한 한 놀란 척을 했다. 하지만 아마도 불충분했던 것이리라. 곧바로 리리엘 씨는 뺨을 부풀리면서 "반응이 약해"라며 불만을 말했다.

나는 시선을 돌렸다.

"아니 그게, 죄송합니다."

시선을 돌린 곳에는 낯선 물건이 몇 개나 쌓여 있었다. 이야기가 갑자기 바뀌어 매우 죄송합니다만.

"저기, 그런데 리리엘 씨. 저건 뭔가요?"

손가락으로 가리키며 묻는 나.

납득할 수 없다는 얼굴을 하고 있던 그녀도 또한 내가 물어봐 주기를 바랐는지도 모르겠다.

"후후, 눈치챘어?" 하고 조금 기쁜 얼굴을 하면서 내게 답했다.

"거기 진열되어 있는 건 새로운 기물들이야."

"새 기물."

얌전하게 늘어서 있는 것은 투박한 갑주, 한눈에 봐도 비싸 보이는 목걸이, 항아리, 회중시계 등등. 전부 내 기억이 옳다면 지난 주말까지는 없었던 물건이다.

"실은 주말에 사서 보충했어."

"주말에 사서 보충했다."

가격표를 보았다.

핏기가 가실 것 같은 금액이 말끔하게 적혀 있었다. 우와.

"좋은 쇼핑을 했지 뭐야."

"가격도 꽤 나가는 것 같은데요."

"그 대신 기물로서의 효과도 절대적이야."

"과연."

이거 어디의 누가 산 건가요? 부호?

"그나저나 대체 어째서 금고에서 돈이 없어진 걸까……."

"이유는 명백한 것 같은데요."

"미스터리야……."

"저는 리리엘 씨의 사고 회로 쪽이 미스터리 하다고 느낍니다."

"아무튼 자금 일부가 지난 주말에 멋대로 사라져버렸어. 이건 사건이야. 맥밀리아."

"심각한 사태로군요."

"반응이 약해."

"아마도 같은 대화를 반복하고 있기 때문이 아닐까요……."

"아무튼 서둘러서 돈을 벌 필요가 있겠어."

역경에 처한 탓인지, 다소 열의에 찬 눈을 한 리리엘 씨.

종업원으로서 고용주의 위기 타개를 거드는 것은 당연한 일이지만, 사정이 사정인 만큼 나는 그다지 의욕이 생기지 않았다. 그보다, 돈을 벌어야 한다고 하신들.

"짭짤한 돈벌이가 갑자기 들어오지 않는 한, 그렇게 급하게는 무리죠."

평소처럼 느긋하게 일을 하죠, 하고 나는 그녀를 달래듯이 말을 늘어놓았다.

그러나, 그런 때의 일이었다.

벌컥! 하고 가게 문을 힘차게 여는 사람이 있었습니다. 그것은 대체 누구인가.

"곤란하신가 보군요."

일레이나 씨였습니다.

"와아, 일레이나 씨." "어머, 일레이나."

"이야기는 들었습니다. 아무래도 돈 문제로 곤란한가 보군요."

후후훗, 하고 대담하게 웃는 일레이나 씨.

마치 그 얼굴은 엄청난 돈벌이 이야기를 가져왔습니다 하고 말하고 싶은 듯해 보였고, "후후…… 실은 좋은 돈벌이 이야기가 있는데 말이죠……" 아니 실제로 그렇게 말하기도 했다. 그러나 거기에 더해 왠지 모르게 수상하다고 할까 의심스러움 가득한 얼굴을 하고 있는 것처럼 보였다.

"수상하네요."

그런고로 나는 찌릿 눈을 가늘게 떴다. 지극히 당연한 반응입니다.

"괜찮아요. 수상한 일이 아니에요. 그러니까, 법에는 저촉되지 않는 의뢰니까요."

첫 설명이 합법인지 어떤지를 일부러 밝히는 부분에서 수상함밖에 안 남는데요…….

"뭐, 일단 이야기만이라도 들어주세요."

다소 경계하고 있는 나를 무시하고 일레이나 씨는 이어서 가게 안으로 한 명의 여성을 이끌고 들어왔다.

시크한 제복으로 몸을 감싼 그 여성은 자신의 이름을 메를루나라고 밝혔다.

기도의 크룰넬비아에서도 탑 클래스를 자랑하는 고급 호텔에서 일하고 있다고 한다.

◇

"실은 우리 호텔의 상사분 상태가 요즘 이상해서……."

말하길, 메를루나 씨가 일하는 호텔은 이 나라에서도 초일류인 사람들이 휴일에 숙박하러 오는 전통 있는 초일류 호텔이라고 한다. 우리 같은 서민은 잘 모를 이야기이지만, 관광업이 그리 발달

하지 않은 기도의 크룰넬비아에서 굳이 초일류 호텔이라는 간판을 내걸고서 영업을 계속해오고 있으니, 일정한 수요는 있는 것이리라.

"이상하다, 라는 건?"

고개를 갸웃거리는 리리엘 씨. 조금 전 당황해 호들갑을 떨던 모습과는 전혀 다르게 진지한 눈빛을 하고 있었다. 어쩌면 소파에 앉을 때 좋아하는 홍차를 끓여준 것이 효과가 있었는지도 모른다.

메를루나 씨는 "네……" 하고 심각한 표정을 지으면서 양손으로 감싸듯이 들고 있는 찻잔으로 시선을 떨어뜨렸다.

"실은…… 제 상사분이 얼마 전부터 기물을 모으기 시작했는데요. 그게 좀 이상한 것들뿐이라."

"이상한 것?"

어떤 거려나? 하고 되묻는 리리엘 씨.

"네. 예를 들면 동양의 검(劍)…… 아니, 도(刀)? 라는 것이나, 갑옷이나, 창이나 도끼, 그런 위험한 기물들만 사 모으기 시작했어요."

"기물은 기본적으로 오래된 물건들뿐이니까, 딱히 무기나 방어구 기물을 모으는 수집가가 있다고 해도 이상할 건 없다고 보는데……."

"하지만, 상사가 산 기물, 전부 가격이 엄청난 것들뿐이에요."

"구체적으로는?"

소곤소곤. 메를루나 씨는 목소리를 낮추어 금액을 말했다. 대략 몇백만 레인 정도. 그리고 대략 리리엘 씨가 주말에 다 써버린 금액과 비슷한 정도.

"과연, 그건 확실히 이상한걸."

리리엘 씨는 심각한 얼굴을 하고서 고개를 끄덕였다.

자신이 주말에 쓴 것을 떠올리고 나서 고개를 끄덕여줬으면 싶습니다. 아니, 조금 전에 리리엘 씨 본인이 말했었는데.

"가격이 비싼 기물은 대단한 효과를 가진 기물뿐이잖아요? 그럼, 레어한 기물을 모으는 취미라도 생긴 게 아닐까요?"

"하지만 산 기물을 우리 호텔의 창고에 넣어두고 있어요."

자비로 산 물건을 장식해둔 것도 아니고, 그저 넣어둘 뿐.

그것도 일터의 창고에.

대체 뭘 어쩌고 싶은 걸까요?

"아무래도 그 상사라는 분은 뭔가 좋지 않은 일을 꾸미고 있는 것 같습니다."

메를루나 씨 옆에서 사진을 한 장, 우리에게 스윽 내미는 일레이나 씨.

거기에 찍혀 있는 것은 호화 찬란한 호텔 복도. 메를루나 씨와 같은 제복 차림의 댄디한 아저씨가 한 남성과 악수를 나누고 있었다.

그것은 참으로 무엇 하나 이상할 것 없는 평화로운 한때를 찍은 한 장처럼도 보였다. 상사와 악수를 나누는 남성이 평범한 사람이었다면, 그야말로 그런 평화로운 사진으로 잘못 보았을지도 모른다.

"우와, 수상해."

그러나 나는 숨을 쉬듯 자연스럽게 그런 말을 내뱉고 있었다.

……아니, 사람을 겉모습으로 판단하면 안 되는 거지만.

어찌 보아도 검정 일색인 남자는 상류 계급의 인간으로는 보이지 않았다.

남자의 키가 좀 커서, 상사를 살짝 내려다보는 형태로 손을 뻗고 있었다. 체격이 우람하다는 말이 어울릴 만큼, 검정 일색의 옷 위로도 알 수 있을 만큼 팔은 두툼했고, 손도 컸다. 생김새로 보기에는 대략 30대 중반 정도일까. 그리고 등에는 터무니없이 커다란 검을 장비하고 있었다.

터무니없이 커다란 검!

"그보다 이거 뭡니까?"

호화로운 공간과 안 어울리는 데도 정도가 있다고 할 만큼 임전태세 넘치는 차림이라고 할 수 있었다. 이제부터 싸우는 겁니까?

참고로 촬영자는 지금 여기에 있는 메를루나 씨.

"전부터 상사의 행동이 수상하고 이상하다고 생각했는데……, 어제, 복도에서 우연히 이 광경을 마주해서……."

그리고 찰칵 찍은 게 이 한 장이라고 한다.

"메를루나 씨는 이때 그들의 대화도 들었다고 하는데요."

사진을 가리키는 일레이나 씨.

"상사분과 악수를 하고 있는 이 남성은 범죄자라고 하네요."

범죄자!

어쩐지 이제 이야기의 스케일이 갑자기 커져서 이해가 잘 안 되게 되었는데요. 그런 나를 내버려 둔 채 메를루나 씨는 이 사진을 찍었을 때의 상황을 자세히 가르쳐주었다.

악수를 하는 두 명의 남자.

희미하게 들린 그들의 대화는, 다음과 같았다고 한다.

검정 일색인 남자가 웃었다.

『모레 파티는 부디 잘 부탁해.』

메를루나 씨의 상사도 역시 웃었다.

『물론입니다. 그쪽이야말로 계획대로 잘 부탁드립니다. 녀석들한테서 돈을 뜯어내 주십시오.』

『알았어. 그나저나 파티에는 어떤 요리를 내올 거지?』

『최고급 식사를 준비할 예정입니다만.』

『그럼 작전 전에 먹고서 준비를 시작하기로 할까.』

『하하하핫! 상관없습니다. 어차피 파티가 시작되면 사람의 출입이 많아집니다. 당신이 섞여들어 있어도 아무도 눈치채지 못할 테죠.』

『그거 좋군.』

『파티가 시작되고 한 시간 정도 후에 제가 연회장에서 신호를 보내겠습니다. 그쯤엔 종업원이 창고에 출입하지 않도록 해두겠습니다. 적당한 때를 봐서 창고로 무기를 가지러 간 다음, 작전을 실행해주십시오.』

『알았어. 그렇게 하지.』

『잘 부탁드립니다.』

그리고서 두 사람은 악수를 했다.

이 대화를 들은 순간, 메를루나 씨는 퍼뜩 감이 왔다고 한다.

어제 시점으로 모레── 요컨대 내일, 그녀가 일하는 호텔에서 기도의 크룰넬비아에서도 유수의 부호들이 모이는 파티가 열린다.

"즉 당신의 상사가 검정 일색인 남자들을 도와서 부호들의 파티를 덮치게 할 계획이다……라는 거지?"

이야기를 단적으로 정리하는 리리엘 씨. 그렇게 생각해 보면 기물인 무기를 창고에 차례차례 모으고 있다는 이야기도 이해가 간다. 아마도 사전에 습격을 위한 무기를 반입하고 있는 것이리라.

메를루나 씨는 조용히 고개를 끄덕였다.

"흐으음……."

한편 리리엘 씨 쪽은 무언가 석연치 않은 모습이었다.

"그건 우리 같은 골동품점이 아니라 보안국과 상담해야 할 문제가 아닐까……?"

아니, 진짜로.

나는 힘차게 고개를 끄덕였다.

"저희, 범죄자와 정면으로 맞서서 싸울 수 있을 만큼 강하지 않거든요……?"

리리엘 씨는 싸울 수 있을지도 모르지만. 저는 일반 시민이거든요? 기대를 받아도 곤란할 뿐이네요…….

그렇게 우리는 얼굴을 마주 보았는데.

메를루나 씨는 그런 우리를 향해 고개를 들더니, 호소했다.

"……실은 여러 가지 사정이 있어서요."

"사정, 이라."

눈을 가늘게 뜨는 리리엘 씨.

"뭘까? 이야기해보겠어?"

"저도 최근까지 몰랐던 건데요, 제가 일하는 호텔을 이용하는 부자분들 중에는, 그, 가정을 가지고 계신 손님이 다른 이성과 몰래 만나는 곳으로 이용하는 경우가 있는 모양이라……."

"아아, 불륜 현장이라는 거로군요." "그러지 마. 맥밀리아. 대놓고 말하면 안 돼."

수요가 그다지 없을 것 같았던 오래된 고급 호텔에는 의외의 수요가 있었나 보다. 뭐, 고급이라는 건 보안에도 충실하다는 뜻일 테니까. 몰래 만나기엔 적절한 곳일지도 모른다.

일레이나 씨는 고개를 끄덕이면서 덧붙였다.

"그리고 상사분은 검정 일색인 남자들과 공모해서 돈을 모조리 뜯어낼 셈인 거로군요. 떳떳하지 못한 사정을 가진 부자라면 보안국에 피해 신고를 하지도 않을 테니까요."

"등장인물 전원 쓰레기인가요." "그러지 마. 맥밀리아."

그리고 상황을 시끄럽게 만들고 싶지 않다는 마음은 메를루나 씨도 마찬가지인 모양이었다.

떳떳하지 못한 수요도 일정 수 있다고 해도, 그녀가 일하는 호텔은 명색이나마 초일류 고급 호텔.

"이런 사건이 드러나게 되면 우리 호텔이 오랜 세월 쌓아 올려 온 이미지도 끝장이에요……! 저, 그 호텔이 좋아서 취직한 지 얼마 안 됐는데……!"

이제 막 얻은 직장을 잃고 싶지 않다.

그 마음이 그녀를 골동품점 리리엘까지 오게 했는지도 모른다.

"제발 부탁드려요……! 내일 사건을 미연에 막아주실 수 없을까요……?"

고개를 숙이는 메를루나 씨.

나와 리리엘 씨는 얼굴을 마주 보았다. 대답해야 할 말은 정해져 있다. 서로 망설임 없는 시선을 나눈 다음, 우리는 자연스럽게 마주 고개를 끄덕였다.

그나저나 조금 궁금한 게 하나 있습니다만.

불륜 현장으로 이용된다는 건 뭐, 알겠는데.

"참고로 내일 열리는 파티라는 건 뭔가요?"

메를루나 씨는 고개를 들었다.

"미팅이에요."

"등장인물 전원 쓰레기야?" "그러지 마. 맥밀리아."

아무튼 우리는 초일류 호텔로 다음 날 걸음을 옮기기로, 메를루나 씨와 약속했다.

◇

그리고 맞이한 다음 날.

나와 리리엘 씨, 두 사람은 고급 호텔에 손님으로서 돌입하게 되었다. 참고로 일레이나 씨는 가게를 보고 있다.

"응원할게요" 하고 살랑살랑 손을 흔드는 일레이나 씨.

"저는 여기서 가게를 지키고 있을 테니 안심하고 다녀오세요."

©Azure

그런 말을 하면서 평범하게 소파에 앉아 쉬고 있었다. 그녀 안에서 지킨다고 하는 말이 어떤 식으로 취급받고 있는지 참으로 궁금했다.

아무튼 그건 제쳐두고, 호텔에 도착한 나와 리리엘 씨.

평소처럼 당당한 리리엘 씨에 비해 나는 조금 안절부절못하고 있었다. 여기 오기 전의 이야기다.

"맥밀리아 씨는 그, 좀⋯⋯, 차림 쪽이⋯⋯, 좀 더 어울리는 옷이 있어서, 그걸로 좀⋯⋯."

직역하자면 "네놈의 평상복은 가난뱅이 같으니까 어떻게든 해"다. 그런 연유로 아주 매우 조심스러운 태도로 메를루나 씨는 내게 갈아입을 옷을 준비해주었다.

좀 비싼 옷.

"우와아 턱시도다아."

남성복이다아.

"잘 어울려."

붉은 드레스로 갈아입은 리리엘 씨가 "상심이 크겠어"라며 내 어깨를 두드렸다. 일단 내 성별이 여성이라는 사실을 은근슬쩍 메를루나 씨에게 전했는데, "네?! 그런가요? 말투가 남자 같아서, 그만 남성이라고⋯⋯"라며 눈을 동그랗게 뜨고 놀랐다. 외모 때문이라면 몰라도 말투로 오해를 받다니, 이게 무슨.

"남녀 페어로 행동해서 나쁠 건 없으니, 괜찮지 않을까? 일에 집중할 수 있을 거야."

뭐, 그건 그렇지만.

"어차피 변장할 거라면 제복 쪽이 좋지 않은가요?"

손님으로 부자의 미팅에 섞여드는 것보다는 종업원으로서 몰래 잠입하는 편이 움직이기 쉬울 것 같습니다만.

호텔 안을 자유롭게 돌아다닐 수도 있을 테고요.

"그건 좀 어려울지도 모르겠네요……."

내 제안에 난색을 표한 메를루나 씨는 조금 전과 마찬가지로 아주 매우 조심스러운 태도로, "저희 호텔은 종업원도 초일류 집안 출신만 고용하고 있어서……"라고 은근슬쩍 치명상을 입혔다.

——저는 그렇게나 가난뱅이 같은 거요?

——일하기 전에, 울어도 괜찮을까요?

"아, 죄송합니다……! 방금 건 나쁜 의도로 한 말이 아니라, 예전부터 알던 사이인 종업원이 많으니까, 새로운 사람이 들어오면 의심받을 거라는 의미였어요. 부자의 커뮤니티는 의외로 좁아서……."

"그럼 당신 본가도 부자겠네?"

흐으응, 하고 반응하는 리리엘 씨.

"네, 뭐…… 그렇죠. 외동딸인 제가 일하던 직장에서 불상사가 일어났다는 게 알려지면 부모님께 폐를 끼치게 될 테니까……."

과연, 겉으로 드러낼 수 없는 사정을 가진 것은 의뢰인인 그녀도 마찬가지인가 봅니다.

"그리고…… 이건 말할지 말지 망설였던 건데요……."

말하기 곤란한 듯 우물거리는 메를루나 씨.

"뭔데?"

리리엘 씨가 고개를 갸웃거리자 그녀는 슬쩍 우리에게 말했다.

"실은 저, 그…… 사진에 찍힌 상사와 부적절한 관계라서……."

나도 고개를 갸웃거렸다.

"부적절한 관계?"라니 뭔데?

"불륜이에요."

"…………." "그러지 마. 맥밀리아." "저 아무 말도 안 했는데요."

아무튼 그런 큼직한 폭탄을 안고 있는 탓인지, 그녀는 우리의 잠입에 매우 협력적이었다.

호텔 입장이 순조롭게 진행된 것도 메를루나 씨가 사전에 안내를 해주었기 때문이다.

"일단 팔짱을 낄까."

그렇게 말하며 리리엘 씨가 내 팔에 팔짱을 꼈고, 그대로 둘이 함께 연회장으로 숨어들었다.

나중에 안 이야기인데, 부자 파티(라고 할까 미팅)에는 종종 자극을 원하며 부부 내지는 커플로 참가하는 사람도 있다고 한다. 정말이지 나로서는 이해할 수 없는 세계지만 덕분에 의심받지 않고 넘어갔으니 됐다고 치자!

"우와아 화려해."

파티 장소로 안내받아 간 곳은 호텔 최상층의 넓은 홀.

바닥에 빈틈없이 깔린 카펫은 아름다웠고, 천장을 올려다보면 수수께끼의 무늬가 그려져 있었으며, 그리고 당연하다는 듯이 매달려 있는 샹들리에들에는 압도될 듯한 대단함이 있었다. 난잡하게 말하자면 그저 호화찬란하고, 사복으로 왔다면 장소에 너무나도 어울리지 않아서 죽었을지도 모른다.

"움직여."

멈춰 서서 "우와아" 하고 감동하고 있었더니 리리엘 씨가 팔을 끌어당겼다. 끌어당겨지면서도 "우와아" 하고 중얼거렸다.

파티에 잠입한 후의 흐름은 이미 리리엘 씨와 상의를 마친 상태였다.

우선 파티가 시작될 때까지 둘이서 커플인 척한다. 홀에 테이블이 드문드문 있을 뿐인 입식 스타일의 파티였는데, 나와 리리엘 씨는 일단 구석 쪽에서 잔을 한 손에 들고 멍하니 서 있기로 했다.

인원이 갖춰지면 건배.

파티가 시작된다. 참가자들이 자유롭게 어슬렁거리기 시작하고, 그리고 호텔 종업원들도 요리를 나르기 위해 마찬가지로 이동을 시작한다. 사람의 흐름이 뒤섞인다.

나와 리리엘 씨는 그 틈에 홀을 빠져나가 창고로 향한다──.

이상.

절차는 단순 명쾌.

그리고 지금 내 시야에는 호화찬란한 의상을 몸에 걸친 남녀가 샴페인을 한 손에 들고서 담소를 나누는 모습이 펼쳐져 있었다.

이건 빠져나가기 적당한 때가 아닌지?

"리리엘 씨, 슬슬 갈까요?"

나는 바로 지금이라며 리리엘 씨를 향해 팔을 내밀었다.

자 어서 팔짱을 껴주세요.

"······?"

그러나 기다려도 기다려도 내 팔에 껴지는 것은 아무것도 없었다. 어라? 리리엘 씨?

옆에 서 있을 터인 리리엘 씨 쪽으로 나는 고개를 돌렸다.

나는 거기에서, 그러고 보니 여기가 미팅 장소였다는 것을 기억해냈다.

"이렇게 아름다운 여성이라니······. 당신만큼 아름다운 여성은 지금까지 본 적이 없어······!"

"리리엘 씨, 괜찮다면 이쪽에서 이야기를 나누지 않겠습니까?" "어디 살아?" "일은 뭘 하십니까? 저는 이래 봬도 회사 경영자로 연 수입 5천만 레인은──." "어디 살아?" "자네 시끄럽네."

와글와글, 마치 사냥감에 달려드는 짐승처럼. 파티 참가자 남성들 중 일부가 리리엘 씨를 둘러싸고 있었다.

함께 일하고 있는 탓인지 감각이 둔해졌었는데, 리리엘 씨는 사람의 시선을 끌 만큼 용모 단정. 멋진 만남을 찾아온 남성들이 내버려 둘 리 없었다.

이런!

리리엘 씨의 파트너로서 턱시도를 차려입은 나는 씩씩하게 리리엘 씨를 구하기 위해 끼어들려 했다.

상사의 위기를 어떻게든 하는 것이 부하의 임무가 아닐까?

그러나 그렇게 달려가다 하나 떠올린 것이 있었다. 내가 아는 한 리리엘 씨라는 여성은 상식이 조금 부족하고, 그리고 기물을 몹시 좋아하며, 그리고 처음 만났을 때 날붙이를 들고서 인사를 해 올 정도의 기인.

남성들에게 둘러싸여서도 그녀는 지극히 태연한 표정을 짓고 있었다.

"나는 골동품점 리리엘이라는 가게를 경영하고 있어. 이 나라에 살고 있다면 기물은 알고 있겠지? 내 일은 기물을 다루는 건데——."

이때를 기다렸다는 듯이 자신의 일 이야기를 시작하는 일밖에 모르는 인간 리리엘 씨.

"참고로 지난주엔 큰 투자를 했지. 종업원에게는 반대를 받았지만 효과적인 기물을 새로 들여와서——."

등등. 매끄럽게 술술 이야기가 흘러간다. 주변 남자들은 처음엔 호의적인 반응을 보여주었지만, 리리엘 씨가 기물 토크 중에 "그런데 항아리에 흥미 없어? 비싸지만 좋은 항아리야"라는 말을 꺼내자 허둥지둥 몇 사람이 빠져나갔다. 자연의 이치.

나는 그쯤 해서 리리엘 씨의 손을 잡아당겨 구출.

"리리엘 씨, 일하는 중이라고요."

정말이지, 하고 조금 과장해 화내는 나.

"한창 좋았는데……."

그렇게 생각한 건 리리엘 씨뿐이었다고 생각합니다…….

아무튼 리리엘 씨를 구출한 나는 그 길로 연회장에서 나오기 위해 인파 사이를 휙휙 빠져나갔다.

노렸던 대로 의심받는 일은 없었다.

그런가 했는데, 수상한 남자가 내 손을 잡았다.

"후후후……."

히쭉 웃는 남자. 얼굴은 잘생겼는데 웃는 방식이 절묘하게 징그러웠다.

역시나 리리엘 씨를 노리는 남성인가요?

"이 사람은 지금 저랑 밖으로 나갈 겁니다!"

안 됩니다! 하고 눈을 크게 부릅뜨고서 노를 외치는 나.

나는 얼마나 믿음직한 사람인지…….

"후후후……."

그러나 수상한 남자는 여전히 내 손을 잡은 채였다.

"착각하면 곤란해. 내가 말을 건 건 그쪽의 붉은 머리 여성이 아니라 네 쪽이야——."

"아, 과연 제 쪽이었나요. 그거 실례—— 응?"

나는 상대의 얼굴을 보았다. 남성.

내 차림을 보았다. 남자 같다.

어라?

"아니, 저기, 저는…… 그, 이런 느낌인데요?"

"남자라고 말하고 싶은 건가?"

"그렇습니다만."

"거짓말."

"!"

드, 들켰어?

경악으로 온몸에서 순식간에 식은땀이 "히이익!" 하고 당황스럽게 뿜어져 나왔다. 그런 나를 보며 남자는 말했다.

"후후…… 겉모습을 가장했어도 아는 사람은 알 수 있다고……."

드, 들켰어!

깜짝이야!

나는 뒤를 돌아보았다.

"리리엘 씨! 들으셨나요?! 저 여자애 같은가 봐요!"

"나도 처음 봤을 때 너는 여자아이라고 생각했어."

"갑자기 왜 경쟁하는 건가요?"

"그건 제쳐두고."

남자 앞으로 한 걸음 나선 리리엘 씨.

"미안하지만 나, 이 애랑 단둘이 있고 싶어. 물러나 주겠어?"

그리고 그대로 리리엘 씨는 내게 팔짱을 끼고 걷기 시작했다. 연회장에 들어왔을 때와 같은 모습으로, 그렇게 우리는 연회장을 나섰다.

참고로 리리엘 씨에게 거절당한 뒤 수상한 남자는.

"훗, 여자아이끼리라…… 좋은 걸 봤어……."

그런 의미를 알 수 없는 말을 중얼거리며 천장을 올려다보고 있었던지라 나는 탄식했다.

"부자는 이상한 사람들뿐이네요……." "그러지 마. 맥밀리아."

아무튼 이러저러하여 우리는 무사히 회장을 빠져나오는 데 성공했다.

◇

무기를 넣어둔 창고는 연회장 통로를 곧장 나아가 '관계자 외 출입 금지'라고 쓰인 문을 지나간 곳에 있는 모양이었다.

파티가 시작되면 종업원들도 음식과 와인 준비, 손님 응대에 쫓겨 이 구획은 텅 비게 된다.

그 틈을 노려서, 누구에게도 의심받지 않게 창고에 침입해서 기물을 모조리 압수.

나중에 무기를 가지러 온 검정 일색의 남자들을 한 명도 남김 없이 붙잡는다(리리엘 씨가).

이상이 나와 리리엘 씨가 둘이서 사전에 정한 내용이다.

"잘 풀릴까요?"

직전이 되자 나는 불안해졌다.

"아까 연회장을 확인해봤는데."

주변을 경계하듯이 돌아보면서 리리엘 씨는 말했다.

"사진에 찍혔던 검정 일색의 남자가 회장에서 술을 마시고 있었어. 그 근처에는 마찬가지로 질 나빠 보이는 남자가 여러 명. 아마도 사전에 이야기했던 대로, 지금은 작전 전에 마음껏 먹고 마시는 중이겠지."

"용케 보셨네요."

그보다, 상당히 대범한 녀석들이로군요…….

"덕분에 이쪽도 자유롭게 움직일 수 있지. 기물을 회수해서 녀석들의 습격을 중단시키자고."

검정 일색의 남자들도 무기를 빼앗기면 무력 그 자체. 리리엘 씨 혼자서도 충분히 제압 가능하다고 한다.

그리고 이러쿵저러쿵 이야기하는 사이에 우리는 창고에 도착했다.

그리고 문을 연 직후에 굳어졌다.

"응? 너희, 종업원이 아닌데⋯⋯? 대체 여기서 뭘 하는 거지?"

창고 안.

평범하게 종업원이 있었다.

까까머리 남성. 사진에서 본 상사가 아니다──아마도, 평범하게 일을 하던 중에 창고에 용건이 있었던 것이리라. 양손으로 무거워 보이는 짐을 끌어안고 있었다.

"⋯⋯⋯⋯⋯."

갑작스레 예상하지 못한 전개가 되어 입을 다무는 나.

그럼 여기서 퀴즈입니다.

이때 리리엘 씨가 한 것은 다음 중 무엇일까요?

1번, 설득. "여기서 본 건 아무한테도 말하지 말아 줄래⋯⋯?"라며 눈을 흡뜨고 부탁한다. 귀엽고 약삭빠른 리리엘 씨.

2번, 현혹한다. "실은 지금부터 여기에서 이 아이랑 좋지 않은 짓을 하려고 했어"라고 시원스럽게 이야기하는 리리엘 씨. 오해를 부르는 말투로 까까머리 종업원분을 혼란시킨다.

3번, 실력 행사. "사람을 부르기라도 하면 귀찮아져. 자고 있어"라고 냉철하게 말하면서, 일격에 상대가 잠에 빠지는 기도가 담긴 바늘로 콕 찌른다.

"⋯⋯크헉! 어, 어째서⋯⋯!"

정답은 전부였습니다.

털썩, 쓰러지는 종업원분.

"우와."

접근해서 방심시킨 후에 바늘로 찌른다. 깔끔한 범행이었다.

"후훗, 프로는 증거를 남기지 않는 법이야."

바늘을 넣으면서 리리엘 씨는 자랑하듯이 말했다. 발아래에 쓰러진 종업원은 리리엘 씨 안에서는 증거로 카운트되지 않나 보다.

"곤란해졌네요."

"괜찮아. 내가 가진 이 바늘은 찔리면 대략 한 시간은 잠에서 깨지 않으니까."

"그런 문제가 아니라."

관계없는 사람을 말려들게 했다는 의미입니다.

"한 사람 정도는 종업원이 사라져도 문제없지 않을까……."

시선을 피하며 먼 곳을 바라보는 리리엘 씨. 현실도피를 하고 있어…….

"일단 지금은 이 쓰러진 종업원을 숨겨두죠──."

그 후에 기물을 회수하면 될 거예요! 하고 나는 바닥에 쓰러져 있는 종업원을 질질 끌고 갔다.

"──어이."

그리고 그런 와중에 창고 문이 열렸다.

"대체 얼마나 걸리는 거야? 어서 짐을──."

안에 들어온 것은 마찬가지로 제복 차림의 남성이었다.

질책하는 말투, 그리고 화난 듯한 표정을 짓고 있던 그는 까까머리 종업원의 상사에 해당하는 분.

댄디한 아저씨──사진에서 본 남자, 메를루나 씨의 상사.

방금 한 말로 보아, 아마도 부하인 까까머리 종업원이 돌아오지 않는 것이 걱정되어 보러 온 것일 테지요. 어쩌면 창고에서 땡땡이를 치고 있는 것은 아닌가 하는 생각을 했는지도 모릅니다.

혹은 창고에 무기를 두고 있으니, 오래 머무는 건 곤란하다고 생각했는지도 모릅니다──.

"아."

그러나 설마 까까머리인 그가 저의 손에 의해 청소 도구함에 넣어지는 중일 거라고는 상상도 못 했을 테지요.

"……위험해."

당황해 허둥거리는 나.

그것참.

그나저나 이다음 전개는 대체 어떻게 될까요?

1번, 기지를 살린 나. 거짓말을 해서 그 상황을 넘긴다. "아니 그게, 실은 이 남성에게 습격당할 뻔해서⋯⋯"라며 피해자인 척하면서 동정을 받으려 하는 야비한 내 모습이 있었다. "서, 설마 그런⋯⋯!" 상사는 경악할 것이 틀림없다.

2번, 입을 다물도록 다짐을 받아두는 나. "호텔 맨이 손님을 덮쳤다는 게 알려지면⋯⋯ 곤란하겠죠?"라며 상사를 흔든다. "그, 그건 확실히⋯⋯"라며 상사는 동요할 것이 틀림없다.

3번, 리리엘 씨가 끼어들어서 바늘로 찌른다. "에잇" 하는 가벼운 말과 함께 리리엘 씨가 바늘로 찌른 남자는 역시나 바닥에 쓰러진다.

"후우, 위험할 뻔했어."

정답은 역시 전부였습니다.

나는 울었다.

"아! 리리엘 씨, 뭐 하시는 거예요!"

다 설득한 참이었는데!

"그…… 한 사람 사라지나 두 사람 사라지나 큰 차이 없잖아……."

"범죄자의 사고 회로다."

"게다가 이 남자는 나쁜 녀석들과 연결된 예의 그 상사잖아? 그럼 딱히 상관없잖아."

대수롭지 않게 대답하는 리리엘 씨.

뭐, 확실히 그건 그렇지만──하고.

나는 아주 잠시 납득할 뻔하다가 문득 떠올렸다.

어제 메를루나 씨에게 들었던, 검정 일색인 남자들과 상사의 대화 중 일부.

분명 상사는 검정 일색인 남자에게 이렇게 말했었다.

──파티가 시작되고 한 시간 정도 후에 제가 연회장에서 신호를 보내겠습니다. 그쯤엔 종업원이 창고에 출입하지 않도록 해두겠습니다. 적당한 때를 봐서 창고로 무기를 가지러 간 다음, 작전을 실행해주십시오.

──라고.

"………….."

중요한 부분을 다시 한번 반복해보자.

——파티가 시작되고 한 시간 정도 후에 제가 연회장에서 신호를 보내겠습니다.

——제가 연회장에서 신호를 보내겠습니다.

——제가.

——연회장에서.

——신호를 보내겠습니다.

나는 발아래를 보았다. 리리엘 씨가 찌른 바늘에 의해 한 시간은 잠에서 깨어나는 일은, 없다.

"……저기, 리리엘 씨."

나는 말했다.

"이 상태로 어떻게 신호를 보내나요……."

◇

창고에 둔 무기들은 리리엘 씨가 그 자리에서 회수해주었다.

다음은 검정 일색의 남자들을 잡는 데 성공하면 완벽, 한데——일에는 예상외의 전개가 따라붙는 법.

몰래 창고에서 대기할 예정이었던 나와 리리엘 씨는 약간의 착오로 곧바로 궁지에 빠졌다. 이대로는 검정 일색의 남자들을 잡지 못한다——.

"과연."

그러나 그런 궁지에서도 태연한 얼굴을 하고 있는 것이 나의 상사인 리리엘 씨.

"뭐, 이것도 상정한 바야. 그럼, 정말 상정했어. 괜찮아."

"정말인가요?"

나는 뚱해져서 눈을 가늘게 떴다. 태연한 얼굴로 식은땀을 흘리는 것만 같은데요.

"후훗── 이런 일도 있을까 싶어서 오늘은 이 기물을 쓴 거거든."

기다렸다는 듯이 자신만만한 표정을 짓는 리리엘 씨.

한 손으로 바늘을 내게 내보이더니, 이어서 그녀는 가지고 있던 가방에서 작은 인형을 꺼냈다. 손바닥만 한 귀여운 곰 인형.

"그게 뭔가요?"

고개를 갸웃거리는 나.

그녀는 인형의 머리에 바늘을 가져다 대면서 말했다.

"이건 원래 바늘과 인형이 한 세트인 기물이야. 바늘만으로도 적을 잠재우는 용도로 쓸 수 있지만, 본래 사용법은 달라."

말하면서 그녀는 곰의 정수리에 바늘을 폭 찔렀다.

그러나 찔렀어도 아무런 변화가 없었다. 다시 고개를 갸웃거리는 나를 바라보면서 리리엘 씨는 "이렇게 하면 사용법을 알려나?" 하고 곰 인형의 한쪽 손을 잡더니 펀치 하듯이 이쪽으로 뻗어 보였다.

그 직후였다.

『………….』

내 발아래에 쓰러져 있던 상사가 한쪽 손이 천장을 향해서 주먹을 내찔렀다.

마치 곰 인형과 동작을 맞춘 것처럼.

"이건……!"

그 움직임이 의미하는 것은 단 하나.

"후후후, 맞아. 짐작한 대로, 바늘에 찔린 사람은 이 인형과 아주 똑같은 동작을 하는 거야."

말하길, 인형과 똑같이 움직이는 것은 찔린 상대가 잠들어 있는 동안만이라고 한다. 즉, 지금부터 약 한 시간 동안은 인형과 똑같이 움직일 수 있다는 뜻이다.

"참고로 이 인형은 단점도 있는데."

"아, 그건 왠지 알 것 같네요."

나는 힐끔 청소 도구함을 바라보았다.

리리엘 씨가 에잇 에잇 하고 곰 인형의 주먹을 뻗을 때마다 청소 도구함의 문이 "쿵!" 하는 격렬한 소리를 내고 있었다.

그것은 마치 안에서 문을 치고 있는 것 같았고.

"바늘에 찔린 사람은 전원이 똑같이 움직이는 거로군요……."

사용하기가 좀 번거롭네요.

"하지만 이 인형을 쓰면, 이 남자가 잠든 채여도 연회장으로 돌려보낼 수 있어."

결국 상사는 잠에서 깨어나지 않을 테니, 이대로 잠든 채 써버리면 된다는 것이 리리엘 씨의 계획인가 보다.

리리엘 씨가 이곳에서 대기하고, 검정 일색의 남자들이 기물을 가지러 왔을 때 일망타진한다고 하는 커다란 흐름은 그대로였다.

유일하게 변경된 부분이 있다고 한다면, 이 창고로 유도하는 역할이 상사에서 **내가 조종하는 상사**로 바뀌었다는 정도이리라.

"뭐, 확실히 그 흐름이라면……."

어떻게든 되, 려나?

"부탁할게."

가볍게 고개를 끄덕이는 리리엘 씨.

"뭐 물어보고 싶은 거라도 있어?"

에잇 에잇 하고 리리엘 씨는 곰 인형의 양손을 움직이면서 질문했다.

허공을 때리는 상사. 그리고 쿵쿵 두들겨지는 청소 도구함.

나는 말했다.

"……일단, 까까머리 종업원은 꺼내둘까요?"

하나, 둘. 하나, 둘.

인형의 다리를 부드럽게 움직이면서 나는 걸었다. 잠든 채인 상사의 몸은 비척비척 위태로운 움직임으로 휘청거리면서도, 연회장으로 돌아갔다.

뒤에서 보는 한은 수상하기 그지없는 거동이지만 의외로 들키지 않았고, 문을 연 너머—— 연회장 안을 걷는 상사에게 말을 거는 사람은 없었다.

오늘의 파티가 술이 있는 미팅인 것이 다행이었는지도 모른다. 내가 돌아왔을 무렵엔 연회장에 있는 사람들은 거나하게 취해 있었고, 상사도 그중 한 명이라고 여겨진 모양이었다.

시계를 본다.

이제 곧 파티가 시작된 지 한 시간이 지나려 하고 있었다.

"이제 상사를 조종해서 검정 일색인 남자들을 유도하면 되는데……."

과연 대체 어떤 신호를 보내면 되려나? 나는 구석 쪽으로 몰래 이동하면서 생각했다.

역시 신호라고 하면 손을 든다든가?

"에잇."

일단 인형의 한쪽 손을 하늘로 들어보는 나. 잠든 채인 상사가 샹들리에를 가리켰다. ……그러나, 딱히 변화 없음.

"그런가."

네네, 알고 있었거든요. 그런 간단한 신호가 아니라는 거죠.

이번엔 손을 흔들어보았다. 휙휙 하고, 내 조작에 착실하게 따라주는 상사. 창고에서 여기까지의 길을 걷게 하면서 나는 인형(이라고 할까 상사) 조작에 능숙해져 있었다. 그런 느낌이 든다. 고로 그 자리에서 빙글빙글 돌게 하는 것도 가능하고 춤추게 하는 것도 가능했다. 나의 인형 다루는 솜씨를 봐줘.

"──어이, 당신."

그런 식으로 놀고 있다 보니, 이윽고 한 남자가 상사의 어깨를 두드렸다.

"우리는 이미 준비가 다 됐는데. 아직 창고엔 가지 않는 편이 좋은 건가? 신호는 아직이야?"

사진에서 본 남성── 검정 일색인 남자들의 리더다.

…………

으아, 왔다.

아무래도 시간이 다 되어 기다리다 지쳤나 보다.

의심받기 전에 서둘러 이 남자를 리리엘 씨 쪽으로 유도해야만
한다── 아주 조금 초조해진 나. 마구잡이로 인형을 조종하면서
창고로 가라고 재촉했다.

"그게 그러니까…… 뭔가 이제 신호 같은 건 됐으니까 어서 가
주세요……!"

허둥지둥하며 리더인 남자의 어깨를 두드리거나, 창고 쪽을 가
리키거나, 리더 남자를 밀거나 하면서, 나는 다소 무리하게 재촉
했다.

하지만.

"어이, 왜 그러지? 신호가 없으면 나는 움직이지 않을 거라고."

이 고집불통!

멀리서 내가 노려보고 있는 것도 눈치채지 못하고 남자는 "제
대로 신호를 보내. 잠이 덜 깨기라도 한 거야?"라며 탄식했다. 덜
깨지 않았습니다. 자고 있습니다.

아무래도 두 사람 사이에는 명확한 신호가 정해져 있는 듯했
다. 마구잡이로 움직여본들 리더인 남자는 "뭐야?" 하고 고개를
갸웃거릴 뿐이었다.

됐으니까 어서 가라고! 라며 멀리서 나는 그저 노려볼 뿐.

인형을 만지작거리면서, 리더인 남자와 상사를 바라보면서, 시
간만이 흘러갔다.

그리고, 아마도 그런 내 모습은 옆에서 보기엔 수상쩍게 보였

으리라.

"어이, 잠깐." "너 뭐야? 저 두 사람에게 무슨 용건이라도 있어?"

남자 둘이 내 시야를 가리듯 가로막고 섰다── 키는 나보다 크고, 두 사람 모두 체격도 좋았다. 사람을 겉모습으로 판단하는 것은 좋지 않지만, 이 파티에 참가한 부자 남성들과는 분위기가 달랐고, 왠지 모르게 위험한 분위기를 자아내고 있었다.

정확히 상사 앞에서 수상쩍다는 얼굴을 하고 있는 리더인 남자와 똑같이. 위험해── 순간적인 판단으로 나는 인형을 든 양손을 등 뒤로 감췄다.

잠든 상사를 내가 조종하고 있다는 걸 들켰다간, 지금까지 해온 일들을 전부 망치게 된다── 그런 확신이 있었다.

하지만 그런 순간의 판단조차, 이미 늦은 것이었다.

"……방금, 너 뭔가 숨겼지?" "뭐야? 뭘 숨겼어? 내놔 봐."

찌릿하고 곧바로 두 사람의 시선이 날카로워졌다. 두 사람의 눈에 떠올라 있던 의혹이 확신으로 바뀐 순간이기도 했다.

"아, 아니 그…… 기분 탓이 아닐까요? 저는 딱히 아무것도 숨기지 않았, 는데요……?"

제발, 어서 신호를 눈치채 줘! 나는 기도하는 심정으로 등 뒤에 감춘 인형을 움직였다.

그러나 현실은 생각처럼 되지 않는 법.

리더인 남자는 "뭐야?" 하고 상사를 바라보았고, 그리고 내 눈앞의 두 사람은.

"어이, 감췄잖아?" "우린 다 안다고. 거짓말하지 마."

한층 더 살벌하게 압박해 왔다.

두 사람의 얼굴은 바짝바짝 다가왔고, 시야를 뒤덮어 간다.

"아니, 그…… 딱히 저는, 아무것도 숨기지 않았는데요……?"

고개를 돌리는 것만으로도 벅찬 나.

"거짓말하지 말라고!"

소리치는 남자들.

"숨기고 있는 거 다 알아! 내놔 봐!"

누군가 도와줘!

이윽고 궁지에 몰린 내 앞으로 한 남자가 달려왔다.

"잠깐!"

그것은 잘생긴 남자!

……누구?

기억에 없는 난입자를 보며 나는 고개를 갸웃거렸다. 두 사람
과 아는 사이인가요?

"……! 너, 너는……!"

순간 남자들의 표정이 굳어졌다.

"호텔 지배인……!"

호텔 지배인이었구나.

저는 아마도 처음 보는 거라고 생각합니다만.

"후후후……."

아, 아냐. 처음 보는 게 아니었어.

자세히 보니 아까 창고로 가던 도중에 말을 걸어왔던, 얼굴은

잘생겼는데 웃는 방식이 절묘하게 징그러운 남자였다.

호텔 지배인이었구나…….

"너희, 눈치가 없는 데도 정도가 있다고……."

끈적한 느낌으로 남자들과 거리를 좁히면서 지배인은 말했다.

"그녀는 확실히, 너희에게 뭔가를 감추고 있다…… 하지만, 그게 뭐 어떻다는 거지……?"

………….

그거 성별 이야기죠?

"모두 다르기에 모두 좋다…… 그렇게 생각하지 않나……?"

"당신 뭔가 착각하고 있는 거 아냐?" "우리는 다른 걸로 이 녀석한테 용건이——."

"닥쳐!"

찰싹! 지배인은 가차 없이 따귀를 때렸다.

"순수한 아이가 숨긴 사정을 밝히려 하는 짓거리를 잠자코 보고 있을 만큼 나는 냉철하지 못해. 감추는 게 뭐 어떻다는 거야!"

성별 이야기 맞죠?

"……아니." "그러니까 우리는 딱히 성별에 관한 건——."

"조용히 해!"

찰싹!

"………….""아니 어째서 아까부터 나만——."

"입 다물어!"

찰싹!

"………….""………….""

"제대로 말해!"

찰싹!

계속되는 불합리한 처사에 한 남자가 쓰러졌다.

그리고 지배인은 끈적한 모습으로 살아남은 남자의 어깨를 두드렸다.

"안에 있는 게 남자아이든 여자아이든 평등하게 사랑한다…….
그게 가장 평화롭다고는…… 생각하지 않나……?"

"생각합니다."

"좋았어!"

그럼 그만 가봐, 하고 지배인은 남자의 등을 밀었다. 내게 시비를 걸던 두 사람은 재빠르게 내 앞에서 사라졌다.

"위험인물은 사라진 것 같군."

"그러네요."

가장 위험한 사람이 여기 남아 있지만 말이죠——라고는 말할 수 없지만.

"아, 저기…… 도와주셔서 감사합니다."

"후후후……."

무서워…….

웃는 지배인의 뒤쪽에서는 여전히 상사가 리더 앞에서 춤추고 있었다. 두 사람 사이의 신호를 나는 여전히 맞추지 못한 모양이었다.

낙담하는 내게 지배인은 스윽 손을 내밀었다.

"또 무슨 일이 있으면 말하도록 해. 내가 도와줄 테니."

악수를 청하고 있었다.

"……아, 네."

고맙습니다 하고 다시 감사 인사를 하면서 나는 손을 잡았다.

거기서 문득 떠올랐다.

──그러고 보니, 메를루나 씨가 찍은 사진에서도, 상사와 검정 일색의 남자인 리더는 악수를 하고 있었는데.

혹시.

머뭇머뭇, 나는 인형의 손을, 앞으로 뻗었다.

"……!"

리더인 남자는 눈을 크게 떴다.

"드디어 신호를 보낸 건가! 정말이지, 이상하게 애를 태우고 말이야."

기뻐하며 남자는 상사의 손을 잡고, 그리고서 동료──내게 시비를 걸었던 두 남자에게 눈짓을 하더니 창고 쪽으로 달려갔다.

다음은 리리엘 씨에게 맡길 뿐.

"끄, 끝났다……!"

나는 홀로 안도하며 가슴을 쓸어내렸다.

남성 세 명쯤, 리리엘 씨에겐 별 대단한 장애도 아니라고 생각하니까. 그래서 딱히 걱정은 하지 않았다.

연회장을 둘러본다. 별다른 소동은 일어나지 않았다. 변함없이 파티가 열리는 가운데 상류 계급 사람들이 서로 웃고 있을 뿐이었다.

그리고 얼마 후, 창고 쪽에서 리리엘 씨가 돌아왔다.

문에서 불쑥 얼굴을 내민 그녀는, 구석 쪽에서 느긋하게 있는 나를 찾아내곤 살짝 미소 지으며 윙크하고 브이를 해 보였다.

그것은 전부 잘 마무리되었다고 하는 신호이기도 했다.

◇

이 전말을 이야기해보려 한다.

한창 파티가 열리는 중에 남자들은 리리엘 씨의 손에 의해 연행되었고, 보안국에 넘겨졌다.

상사가 모았던 무기들은 증거품으로서 리리엘 씨가 골동품점의 창고에 넣어두었다. 순차적으로 해주할 예정이라고 한다.

상사가 행한 악행에 관해서는 파티가 끝난 후에, 우리 골동품점 사람들과 메를루나 씨 셋이서 연락을 취했다. 소문으로 들은 이야기에 따르면 상사도 역시 보안국으로 연행되었고, 검정 일색인 남자들과 같은 처벌을 받았다고 한다. 물론 해고되었다.

메를루나 씨의 바람대로 일련의 사건은 소란을 일으키는 일 없이, 다음 날 이후도 아무 일 없이 평화로운 일상이 기다리고 있었다.

사건 전과 달라진 점이 있다고 한다면, 금고 안이 텅 비지 않게 되었다는 것일까.

"후후…… 역시 금고는 돈이 들어 있어야지."

홍차를 마시면서 금고에서 조용히 잠들어 있는 돈에 미소를 짓는 리리엘 씨. 메를루나 씨에게 받은 보수가 그곳에 들어 있었다.

역시 부잣집 따님. 제법 큰 금액이었다.

"이제 무계획하게 쓰시면 안 돼요."

"아, 알거든……."

멋쩍어하며 시선을 돌리는 리리엘 씨.

금고에 돈이 돌아왔다고는 해도 완전히 원래대로 회복된 것은 아니니, 힘들었던 걸 잊고 또 다 써버리는 일은 없도록 해줬으면 좋겠네요!

"하지만 이번 일은 정말로 의외였어요……."

평온한 일상으로 돌아온 뒤에, 나는 가게 창문으로 밖을 바라보면서 멍하니 중얼거렸다. 그런 식으로 감상에 젖어 있는 내게 리리엘 씨는 "응? 뭐가?"라며 고개를 갸웃거렸다.

돌아보면서 나는 답했다.

"리리엘 씨는 언제나 냉정해 보이는데, 기물이 얽히기만 하면 바로 머리가 헐렁해지는 게, 그게 의외다 싶었어요."

전부터 특이한 사람이라고는 생각했지만요.

"뭐? 무슨 말을 하는 거야? 평소랑 똑같은데."

"그런가요?"

나는 키득 웃었다.

좀 발끈하는 점도 의외라고 말하면, 분명 뾰로통하게 뺨을 부풀리며 삐지리라는 생각이 들었기 때문이다.

기도의 크룰넬비아.

평일 한낮의 큰길은 나름대로 활기 넘쳤습니다.

갓 수확한 채소와 과일이 진열된 노점 앞에서 목소리를 높이는 주인장. 거기서 조금 더 걸으면 맛있는 냄새를 풍기는 빵집, 조금 더 걸으면 공원에서 놀고 있는 아이들.

걸을 때마다 거리의 모습이 바뀌었지만, 전부 평화로운 것들 뿐. 어쩌면 그것이 이 도시의 일상인지도 모릅니다.

"흠흠."

그런 평화로운 날들 속, 한 중고 매장 앞에서 심각한 표정을 짓고 있는 아름다운 한 소녀가 있었습니다. 머리카락은 잿빛, 눈동자는 유리색. 얼굴은 매우 귀엽고 큐트하고 사랑스러운. 전부 같은 의미로군요.

"아가씨, 왜 그러지? 뭔가 신경 쓰이는 거라도 있어?"

"그러네요──."

소녀는 고개를 끄덕이고, 가리켰습니다. 그나저나.

"이 거울……."

에 비친 이 소녀는 대체 누구일까요?

그렇습니다. 저입니다.

"오, 아가씨. 보는 눈이 있네. 그건 우리 가게 골동품 중에서도 특히 귀한 물건이야."

제 5 장

최적의 거울 사용법

"그런가요?"

"후후후, 그건 어째서일까?"

주인아저씨는 심심했는지, 이제 막 사귀기 시작한 여자아이처럼 조금 성가신 느낌의 질문을 해 왔습니다. 어째서라고 말씀하신들.

"기물이기 때문인가요?"

답하는 저.

"뭐야! 알고 있었어?"

아저씨는 매우 분하다는 표정을 지었습니다. 알고 있었다, 라기보다는.

"이 나라의 중고 매장에서 특히 귀한 것, 이라고 하면 기물이 가장 먼저 떠오르기에 말해봤을 뿐입니다."

제가 현재 협력하고 있는 골동품점의 주인인 리리엘 씨가 말하길, 이 나라는 여기저기에 기물이 있다고 합니다.

기물을 전문적으로 다루는 골동품점은 물론이고, 중고 매장, 식당, 평범한 민가, 혹은 길거리에도.

그리고 골동품점 리리엘에 협력하는 저의 일 중 하나는 그런 기물들을 필요에 따라서 회수하는 것.

"참고로 이 기물은 어떤 효과를 가지고 있나요?"

"후후후, 글쎄——."

또 성가신 느낌으로 되물으려는 거로군요.

저는 조금 권태로움을 느끼고 얼굴을 찌푸렸습니다. 그 순간이었습니다.

『오오…… 이거 이거…… 아름답지 않군요…….』

저를 가엾게 여기는 목소리가 울렸습니다. 저와 가게 주인아저씨의 딱 중간 위치——그러니까 바로 거울에서.

『내가 가진 힘을 알고 싶은 거라면 가르쳐드리죠! 나는 진실을 비추는 거울. 그 이름 그대로, 비친 것의 진실을 전하는 거울입니다!』

거울이 말하는 것에는 별반 놀라지 않았습니다. 제가 놀라지 않는 것에 주인아저씨는 놀랐습니다만. 아무래도 저는 말하는 물건에 익숙하기 때문인지도 모릅니다.

그러나 비친 것의 진실을 전하는 거울이라니 대체 무슨 의미인지?

저는 고개를 갸웃거리며 물었습니다.

거울아 거울아, 답해주세요.

『귀여운 것에는 귀엽다고 말하고, 귀엽지 않은 것에는 귀엽지 않다고 딱 잘라 말한다. 그러한 힘을 가진 거울이라고 할 수 있겠지요.』

"요컨대 배려를 못 하는 물건이라는 건가요?"

『덕분에 이런 스러져 가는 중고 매장에서 미끼 상품으로 팔리고 있지요.』

"과연."

힐끔 가게 주인아저씨에게 시선을 보내는 저. 아저씨는 "뭐, 좀 특이한 물건이야"라며 한숨을 내쉬었다.

이야기를 들어본 바로는 특별한 힘을 가진 기물이라기보다는

그저 의식을 가진 거울인 것처럼 느껴집니다만―― 일단, 진실을
비추는 거울이라는 것의 힘을 시험해보기로 하죠.

"그런데, 거울 씨. 저는 어떤가요? 뭔가 느끼는 게 있나요?"

저는 그 자리에서 빙글 돌고서 뽐내는 표정을 지어 보였습니다.
그런 제게 거울은 한마디.

『성격이 나빠 보여.』

"응?"

『속이 시커메 보여. 근성이 썩었을 것 같아.』

"호오오?"

그거 전부 같은 의미가 아닌지?

『대략 그런 느낌의 외모입니다.』

"과연."

저는 거울 씨를 잡았습니다.

"아가씨, 그러지 마. 삐걱삐걱 소리가 나니까 그만둬."

이런, 힘을 너무 줬나 보군요. 실례.

『그런고로, 어떠신가요? 아가씨, 나를 사시지 않겠습니까?』

툭, 거울을 내려놓는 것과 거의 동시에 그러한 질문을 받았습
니다. 이런 상황에서 잘도 그런 질문을 하는군요.

"아가씨, 귀여우니까 싸게 해줄게."

"지금 막 귀엽지 않다는 말을 들은 참입니다만……."

우으으 하고 조금 부루퉁해지면서도 저는 일단, 생각했습니다.

사실 제게는 골동품점 리리엘에 부탁받은 일이 하나 있습니다.
머릿속을 스쳐 지나간 것은 이 나라에 와서 얼마쯤 지났을 때의 일.

리리엘 씨는 말했습니다.

"이 나라를 둘러보면서, 기물을 알아서 회수해줬으면 해."

거리를 보고, 사람과 이야기하고, 파는 물건을 보고, 그 자리에서 기물을 회수하고, 골동품점 리리엘에 가져와 줬으면 한다.

그것이 그녀의 부탁이었습니다.

그것이 사람에게 해를 끼칠 만한 기물이라면 서둘러서.

해도 없고 소유자도 없는 것이라면 필요에 따라서.

파는 물건이라면 가격과 가치를 곱씹어 보고서.

편리하면서도 위험한 물건이기도 한 기물이 사람에게 해를 끼치지 않도록 하고 싶은 것일 테지요. 물론, 거절할 이유도 없었기 때문에 저는 승낙했습니다.

그럼 그런 그녀의 가게에 이 거울을 가져갔을 경우를 생각해 보죠.

아마도.

『귀여워! 리리엘 씨 백 점!』

이 될 테고.

『그에 비해 일레이나 씨는…… 하아, 리리엘 씨가 있으니 한층 더 흐릿해지네요…….』

그리되리라는 것은 명백. 과연, 왠지 화가 나기 시작하는군요.

"아가씨, 그러지 마. 삐걱삐걱 소리가 나니까 그만둬."

허둥지둥 말리는 주인아저씨. 무의식중에 다시 거울을 손에 들었나 봅니다. 저도 참 무슨 짓을……!

"그래서, 어떤가? 살 건가? 말 건가?"

"제가 감당할 수 없을 것 같으니 사양하겠습니다."

툭, 하고 내려놓으며 저는 고개를 저었습니다.

그러자 가게 주인아저씨는 몹시도 실망한 모습으로 어깨를 축 늘어뜨렸습니다.

"그런가…… 역시 틀렸나……."

아저씨가 말하길, 이 중고 매장 안에서도 이 거울은 가장 고참. 바꿔 말하자면 악성 재고. 입이 험한 탓에 구매자가 나서질 않아서 정말이지 난감하다고 합니다.

조금 전 제게 말을 걸었을 때처럼 언제나 호객을 하고 귀한 물건이라고 소개하고 있는 모양입니다만, 결과는 보시는 그대로.

"게다가, 요즘은 이 거울 탓에 손님 발길이 뜸해지는 지경이야."

"뭐, 근성이 썩은 물건에는 아무도 가까이 가고 싶지 않은 법이니까요."

『너 이 자식 나 좀 보자.』

거울을 보라는 건가요? 싫습니다.

홱 고개를 돌리는 저.

"난감하네……."

아저씨는 조용히 중얼거렸습니다.

그 말을 들으면서 제 머릿속은 다시 리리엘 씨와의 대화를 떠올리고 있었습니다. 그녀는 기물의 회수와 함께, 제게 또 한 가지 부탁을 했던 것입니다.

"곤란해하는 사람이 있으면, 여기로 데려와 주겠어?"

기물 탓에 곤란한 사람이든, 단순히 곤란한 사정에 직면해 있는 사람이든 개의치 말고. 아무래도 그녀에게는 남을 돕고 싶다고 하는 마음이 있나 봅니다.

"성과가 나오면 보수를 줄게."

"와아."

저와 리리엘 씨는 그런 느낌으로 가볍게 계약을 맺게 되었습니다.

그리고 지금 눈앞에는 난처해하는 사람이 있고, 게다가 기물도 있습니다. 이건 보수의 기회가 찾아왔다고도 할 수 있는 전개가 아닐까요?

"저기——."

곤란한 상황이라면 힘이 되어줄 가게가 있답니다.

저는 그렇게 말을 꺼냈습니다.

그러나 그 순간, 제 머릿속에서 속삭이는 목소리가 울려 퍼졌습니다.

『일레이나…… 일레이나…… 정말 그래도 괜찮은가요?』

온화한 목소리로 말을 걸어오는 것은 청아한 모습을 한 천사인 저.

『이 아저씨에게 손을 내미는 것…… 과연 그것이 정말로 정답일까요……?』

네?

이상한 말씀을 하시는 천사인 제게, 저는 고개를 갸웃거렸습니다. 대체 무슨 말을 하고 싶은 걸까요?

『그는 지금 눈앞의 이익에 사로잡혀 있어요. 이대로 해결되게 해서는 안 돼요…….』

조용히 말을 걸어오는 천사인 저.

『상상해보세요…… 이후의 전개를…….』

만약 이 아저씨를 데리고 간다면.

과연 그 후 골동품점 리리엘에서 어떠한 상황이 펼쳐질까요?

머릿속에 떠오르는 것은 저와 아저씨 앞에 선 리리엘 씨의 모습.

아마도 그녀는 상담하러 온 그에게.

"뭐? 그럼 우리 가게에서 거울을 사주면 되잖아."

그렇게 말하고, 그리고.

『귀여워! 리리엘 씨 백 점!』

그렇게 되고—— 과연, 결국 전개가 똑같아지는 거로군요.

이건 받아들일 수 없습니다.

『이해해준 것 같네요…….』

천사인 제가 힘주어 고개를 끄덕였습니다.

『그래요, 근본적인 해결은 되지 않는 거예요…… 그건 서로에게 있어 좋지 않은 일이라 할 수 있겠죠…….』

그럼 대체 어떻게 하면 좋을까요? 천사인 제게 묻는 저.

그러자 천사인 저는 귓가에서 속삭였습니다.

『저기, 그런데…… 더럽게 진지하게 거리를 배회하며 곤란해하는 사람을 찾는 거, 솔직히 귀찮지 않은가요……?』

갑자기 악마 같은 말을 속삭이는 천사인 저.

『역시 이건……. 곤란한 사람이 먼저 찾아오게 만드는 게 제일이지 않을까요……?』

©Azure

곤란한 사람이 먼저 찾아오게 한다?

과연 그런 일이 가능할까요? 애초에 곤란한 사람이라는 것은 찾으려 해서 찾을 수 있는 게 아닙니다. 부상이나 병과 달리 겉으로 드러나지 않으니까요.

저는 의아한 표정을 짓고 있었습니다.

『무슨 말을 하는 건가요? 일레이나.』

그러자 천사인 저는 다시 그런 제게 속삭였습니다.

『곤란해하는 사람을 찾아낼 수 있는 좋은 물건이, 거기에 있잖아요…….』

천사인 제가 시선을 보내는 곳에는 물건이 하나.

아주 아주 못된 표정을 지은 저를 비추는, 거울이 하나 있었습니다.

저는 말했습니다.

"저기, 사장님?"

좋은 돈벌이가 있습니다만—— 어떠신가요? 하고.

◇

그리고서 약 일주일 후의 일.

중고 매장 앞을 지나가다 보니 행렬이 생겨 있었습니다. 줄의 맨 앞에는 20대 정도의 여성. 거울 앞에서 불안한 표정을 짓고 있었습니다.

『나에게는 진실이 보입니다…….』

말하는 거울은 과장되게 말했습니다.

『당신은 지금, 뭔가를 고민하고 있군요……?』

거울 속에 떠오른 것은 여성의 깜짝 놀라는 표정. 맞았나 봅니다.

『나는 진실을 비추는 거울! 이런 내 앞에서 숨겨봐야 의미 없습니다! 자, 말해주세요.』

그러자 여성은 "시, 실은……" 하고 조심스럽게 말하기 시작했습니다.

말하길 여성은 불면증을 갖고 있고, 고민 해소를 위해 수백만 레인으로 '침대 아래에 두면 불면증이 낫는 대단한 기물'이라는 선전 문구의 수정구슬을 샀는데, 효과를 전혀 느끼지 못해서 정말로 효과가 있는지 없는지 불안하다고 했습니다.

과연, 큰일이군요.

들은 바로는 사기인 것 같습니다만.

그렇게 몰래 귀를 기울이고 있는데, 가게 주인아저씨가 제 존재를 알아차렸습니다.

"그것참, 아가씨, 고마워! 당신 덕분에 새로운 수입원이 생겼어."

속 시원한 기쁜 표정으로 그는 말했지만, 저는 "아뇨 아뇨" 하고 고개를 저었습니다. 겸손이 아니라 정말로 대단한 일은 하지 않았습니다.

그저 거울에 사람의 고민을 들려주면 어떨까요? 하고 제안했을 뿐.

"설마 이렇게 번창할 거라고는 저도 생각하지 못했습니다."

아무래도 재미있는 거울이 있다고 하는 소문이 퍼지고, 한가한 사람들이 잡담을 하러 오거나 혹은 마음속 고민을 털어놓을 목적으로 쓰게 되었나 봅니다.

덕분에 멀어졌던 손님의 발길도 돌아왔다고 합니다. 만만세라고 할 수 있을 테지요.

게다가 이 해결법은 제게도 이득이 되었습니다.

"──과연."

그리고서 몇 시간 후의 일.

골동품점 리리엘에 새로운 고객이 찾아왔습니다.

"즉, 그 침대 아래 둔 수정의 효과를 확인해주었으면 좋겠다는 거지?"

소파에 리리엘 씨와 마주 앉아, 조심스러운 태도로 살짝 고개를 끄덕인 것은 한 여성.

중고 매장에서 거울을 앞에 두고 고민을 털어놓았던 그녀입니다. 거울에 상담을 한 후, 제가 말을 걸어서 가게까지 데려왔던 것입니다.

"알았어. 지금 당장 할까."

만약 사기라면 보안국에 이야기를 전해줄게──라며 리리엘 씨는 일어섰습니다.

"아, 고맙습니다!"

여성은 감사 인사를 하고, 그리고 리리엘 씨와 함께 가게를 나섰습니다.

아마도 십중팔구 사기일 테니 일레이나랑 맥밀리아는 안 와도 된다며 리리엘 씨는 혼자서 가버렸습니다.

리리엘 씨가 돌아올 때까지 저와 그녀 단둘뿐인, 딱히 할 일도 없는 한가한 시간이 시작을 고했습니다.

"그러고 보니 아까, 리리엘 씨가 일레이나 씨를 칭찬했어요."

손님용으로 준비된 홍차를 정리하면서 맥밀리아 씨는 말했습니다.

오호라?

"뭔가요?"

"일레이나 씨가 신규 손님을 데려와 주는 게 기쁜가 봐요."

그리고서 그녀는 갸우뚱 고개를 기울였습니다.

"하지만 저도 생각한 건데, 일레이나 씨는 곤란한 사람을 잘 찾아오시네요. 제가 일하기 시작한 후로 종종 손님을 데리고 오잖아요. 지난번에도 이래저래 오컬트 애호가 여자아이를 데리고 왔고요."

대단해요 하고 눈을 반짝이는 맥밀리아 씨.

어떻게 그렇게 잘할 수 있는 건가요? 하고 그녀는 이어서 제게 물었습니다.

그런 그녀를 보며 저는 키득 웃고, 한마디 답했습니다.

바로.

"후후후, 글쎄요. 어째서일까요?"

기도의 나라의
리리엘
Riviere
and the nation
of the prayer

제 6 장

광장 벤치에 한 여성이 앉아 있었다.

초여름의 시원한 바람의 음색을 들으면서 콧노래를 부르며 몸을 흔든다. 세미 롱의 갈색 머리카락이 그때마다 살랑이며 햇빛을 받아 빛났다.

날씨가 좋다. 올려다보면 태양이 반짝이고 있다. 휴일의 낮을 멍하니 보내는 것만으로 더할 나위 없이 행복한 기분이 들었다. 분명 일도 그 외의 것들도 전부 순조로운 날들이 이어지고 있기 때문이리라.

"일기를 써야겠어요."

생각났다는 듯이 짝 손뼉을 쳤다.

멋진 날들을 기록해야만 한다.

그러면 분명 이 날들을 돌이켜보았을 때 더 행복해질 테니까—— 옆에 두었던 가방으로 손을 뻗었다.

산 지 얼마 안 된 귀여운 디자인의 일기장.

표지에는 이름이 새겨져 있다.

파트라.

그녀 자신의 이름이었다.

맨 첫 페이지부터 팔랑팔랑 넘겨본다. 한해의 도중에 산 탓에 페이지 대부분이 공백인 채였다.

그녀의 멋진 날들이 자아지기 시작한 것은 오늘로부터 2주 정도 전으로 거슬러 올라간다.

계속 넘겼고, 이윽고 일기는 멈추었다.

오늘 날짜가 적힌 페이지.

오래된 만년필이 그녀를 애타게 기다린 것처럼 끼워져 있었다. 백지인 페이지를 쓰다듬듯 만지고서 그녀는 만년필을 손에 들었다. 구한 지 얼마 안 됐는데, 그녀와 오래 함께 지낸 연인인 듯 사랑스럽게 느껴졌다.

이 만년필이 멋진 날들을 가져와 주었기 때문이다.

명랑하고 쾌활하게 질문을 던지듯 시선을 보냈다.

멍하니 앉아서 그녀는 생각했다.

고작 몇 초.

그리고 만년필을 움직이고, 속삭이며, 기도하며 일기를 적었다.

어제와 마찬가지로, 오늘도 좋은 날이 되기를.

◇

보안국.

그것은 기도의 크룰넬비아에서 도시 사람들의 생활을 지키는 존재를 가리킨다. 범죄자를 체포하고, 규율 위반을 단속하고, 그리고 수상한 자에게는 눈을 번뜩인다.

보안국원이라는 증거인 검은 제복은 사람들을 뒤에서 지지한다는 상징이었다.

진녹색 머리카락.

직원 중 한 사람── 앙리도 또한 도시의 사람들을 지키는 사명을 짊어진 한 사람이었다.

"…………."

한낮의 큰길.

앙리는 건물 뒤에 숨어서 슬쩍 고개를 내밀었다. 거리를 오가는 사람들에게 들키지 않도록 숨을 죽이면서 그는 한 여성에게 날카로운 시선을 보내고 있었다.

나이는 젊은, 20대 중반 정도.

머리카락은 갈색에 세미 롱. 몸에 걸친 것은 초여름다운 시원한 원피스. 무얼 하지도 않고, 그녀는 혼자 벤치에 앉아 뭔가 글을 적고 있었다.

언뜻 보면 그저 한낮에 여성이 혼자만의 시간을 즐기고 있는 것 같다.

"…………."

하지만 그런 그녀에게 앙리는 날카롭게 눈빛을 빛냈다.

여담인데 보안국원 중에서도 앙리는 특히 우수한 성적을 거두고 있고, 신입 때부터 수많은 사건을 해결해온 엘리트다.

기물 관련 사건과 사고 전문으로, 약간 까다로운 성격을 가진 어드바이저 골동품점 리리엘의 주인과 관계가 양호한 것도 그의 인품이 좋다는 점을 보여준다.

그런 그가 날카로운 시선을 여성에게 보내고 있다.

일반인은 알 수 없는 무언가를 그는 포착한 것인지도 모른다.

"…………."

이윽고, 앙리는 조용히 중얼거렸다.

수상한 사람을 숨어 감시하면서──.

"사, 사랑스러워⋯⋯."

⋯⋯⋯⋯⋯.

수상한 사람을 숨어 감시하──.

"말을 걸고 싶어⋯⋯. 하지만 불쑥 나타나는 건 실례려나⋯⋯ 아니⋯⋯."

⋯⋯⋯⋯⋯.

정정하자.

그는 숨어서 여성을 감시하는 수상한 사람입니다.

"뭘 하는 건가요?"

대낮부터 여성을 감시하는 앙리 씨⋯⋯를 나는 뒤에서 쿡 검지로 찔렀다.

"으아악!"

깜짝 놀라면서 그는 나를 돌아보았다.

눈을 크게 뜨고 화들짝 놀란 표정을 짓고 있었다.

"뭐, 뭐야⋯⋯ 리리엘 씨네 신입인가⋯⋯."

"맥밀리아입니다."

나는 다시 자기소개를 했다.

아직 몇 번 만난 적 없어서 이름까지는 기억하지 못했나 보다. 섭섭해. 나는 앙리 씨 이름 외웠는데!

"그래. 맥밀리아, 였지── 그랬어. 이런 데서 뭘 하는 거지?"

"묻고 싶은 건 제 쪽인데요⋯⋯."

오늘은 골동품점 리리엘의 정기 휴일. 이라는 이름이 붙은 리리엘 씨의 마음이 내키지 않아서 우연히 쉬기로 한 날. 딱히 할 일도 없어서 나는 거리를 산책하고 있던 참이었는데.

그런 도중에 건물 뒤에 숨어서 젊은 여성을 노리는 수상한 인물과 마주쳤던 것이다.

"어이, 나를 누구라고 생각하는 거야. 보안국원이 수상한 짓 같은 걸 할 리가 없잖아."

"저도 여기서 앙리 씨를 보기 전까지는 그렇게 생각했던지라 깜짝 놀랐습니다."

대낮부터 여성을 몰래 숨어서 지켜보는 인간이 수상한 사람이 아니면 대체 뭐라는 겁니까.

"이 나라의 보안국은 부패해버렸군요……."

"더러운 걸 보는 눈으로 나를 보지 말아줘……."

"앙리 씨, 나이를 먹을 만큼 먹은 것 같은데 스토킹 같은 걸 하다니……."

"나 아직 제법 젊다고 생각하는데."

"몇 살인데요?"

"스물일곱 살인데."

"우와. 조금 더 위일 거라고 생각했어요."

완전히 30대 정도일 거라고 생각했는데 말이죠.

"아무튼, 그럼 스물일곱 살의 앙리 씨가 한 짓은 리리엘 씨에게 말해둘게요."

그럼 이만, 하고 나는 손을 들어 올리며 스스슥 뒷걸음질 쳤다.

"자, 잠깐 기다려!"

이야기를 들어보면 이해할 거야! 하고 붙들고 매달리는 앙리 씨.

그 필사적인 모습은 마치 차인 남자 같았다. 필사적인 모습으로 그는 내 손을 덥석 잡았다. 꺄악!

"하, 하지 마세요! 보안국 사람을 부를 거예요!"

"내가 그 보안국 사람인데."

"이 나라는 썩었어……!"

도움을 요청해야 할 보안국에 못된 인간이 섞여 있다니…….
나는 앞으로 대체 무얼 믿으며 살아가면 좋을까……?

먼눈을 하는 나. 손을 놓으며 앙리 씨는 한숨을 내쉬었다.

"아니, 애초에 내가 그녀를 보고 있던 덴 제대로 된 사정이 있어."

"그런가요?"

"그래."

당당하게 고개를 끄덕이는 앙리 씨.

역시, 그런 거죠?

나라를 위해 일하는 사람이 나쁜 짓을 할 리가 없는 거죠?

"혹시 저 여성이 어떤 사건에 말려들 상황이라 지켜보고 있다든가, 그런 건가요?"

"아니, 아니야."

"그럼 뭔가요?"

"한눈에 반했어."

"신고하겠습니다."

"잠깐 잠깐 잠깐."

어깨를 붙들렸다. 거기서 그러고 보니 이 사람이 신고를 받아주는 사람이라는 것을 떠올렸다. 이런 대화를 앞으로 몇 번이나 더 하면 되는 건가요?

"여기에는 깊은 이유가 있는데 말이지……."

그다지 말하고 싶지는 않지만…… 하고 그는 한숨을 내쉬면서, 벽에 등을 기댔다. 거기서 시선을 돌리자, 여전히 광장 벤치에서 즐거운 듯 혼자 수첩 같은 것에 글자를 적고 있는 여자의 모습이 보였다.

콧노래가 여기까지 들리는 것이 아닐까 싶을 만큼 즐거워 보이는, 이름도 모르는 여성의 모습이 보였다.

"그녀의 이름은 파트라라고 해."

파트라라고 하나 봅니다.

으아.

"잠깐 잠깐 잠깐. 딱히 스토킹을 해서 이름을 아는 게 아니라고."

다시 도망치려 하는 나를 허둥지둥 멈춰 세우는 앙리 씨.

떨떠름하게 이야기를 들어본바, 아무래도 앙리 씨와 파트라 씨는 안면이 있는 사이라고 한다.

그녀와 처음 만난 것은 지금으로부터 일주일 정도 전의 일.

일을 마치고 돌아가던 앙리 씨는 서점에 들렀다. 찾는 책이 있었는지, 죽 늘어선 책장 앞을 걸으면서 목적하는 책의 제목을 찾았다.

"있다."

목적하던 책은 의외로 간단히 찾았다. 책장에는 딱 한 권만 남아 있었다. 운이 좋다. 뺨을 누그러뜨리며 앙리 씨는 손을 뻗었다. 그리고 책등에 손이 닿았을 때였다.

"——어라?"

맑고 아름다운 목소리. 목적하던 책에 뻗어진 손이 하나 더. 희고 가는 아름다운 손가락을 따라가듯 시선을 자신의 옆으로 보내니, 갈색 머리카락을 가진 아름다운 여성의 모습이 있었다.

마찬가지로 그녀도 이쪽을 바라보고 있었다.

그것이 앙리 씨와 파트라 씨의 첫 만남이었다고 한다.

"그런 옛날 연애소설 같은 만남도 있나요?"

자주 읽었던 거라고, 나는 그렇게 흔한 감상을 늘어놓았다. 앙리 씨도 비슷한 생각을 했었는지 "그러니까 말이야"라며 부끄러운 듯이 볼을 긁었다.

"하지만, 현실은 이야기처럼은 풀리지 않는 법이야. 결국 나는 그 책을 그녀에게 양보하고 돌아갔지. 애초에 그 시점에서 나는 그녀의 이름도 몰랐어. 그저 같은 책에 손을 뻗었을 뿐인 생판 남으로만 생각했지."

그녀와 재회한 것은 그로부터 이틀 후.

보안국원 일의 일환으로 앙리 씨가 거리 순찰을 하던 때의 일이었다.

"——꺄악!"

직업상, 비명에는 남들보다 훨씬 민감한 앙리 씨. 자신 가까이에서 들린 비명에 바로 돌아보았다고 한다.

무슨 일이 일어났는지는 일목요연. 길바닥에 뒹구는 사과와 오렌지, 그 저편에서 허둥지둥 종이봉투에 다시 담는 여성. 아무래도 넘어지면서 짐을 길에 쏟아버린 모양이었다.

이것 역시 참으로 연애소설 같은 전개.

그러나 생각보다 몸이 먼저 움직였다.

앙리 씨는 그녀 곁으로 달려가 과일을 주워 들었다.

"죄송합니다. 고맙습니다……!"

고개를 숙이는 젊은 여성. 앙리 씨는 이때서야 눈앞의 여성이 며칠 전에 서점에서 만났던 그녀라는 것을 알아차렸다.

"……앗!"

여성의 얼굴이 순식간에 밝아졌다.

"저기, 혹시, 당신은——."

두 번이나 길에서 우연히 마주친 두 사람.

며칠 전에 만난 적도 있어서, 두 사람은 그 자리에서 잠시 이야기를 나누었다. 그녀의 이름은 파트라 씨. 근처 회사에서 사무원으로 일하고 있으며, 책을 좋아한다고 한다.

앙리 씨도 자신에 관한 것을 그녀에게 밝혔다. 직업은 보안국 직원이고, 책을 좋아한다고.

고작 두 번 만났을 뿐이라고는 생각할 수 없을 만큼 두 사람 사이의 대화는 활기를 띠었다. 오랜만에 만난 친구처럼, 끊이지 않고 이야기하고 싶은 것이 넘쳐났다.

"하지만 그날은 그 후에 급한 일이 갑자기 들어왔거든……. 연락처를 묻지 못한 채, 그녀와 헤어지고 말았어."

"……오호."

과연, 그렇군요.

어쩐지 이야기가 보이기 시작했는데요?

"가능하다면 그녀와 다시 만나서 이야기를 나누고 싶다. 그런 생각을 하면서 지내왔는데…… 만나고 싶다고 생각할 땐 만날 수 없는 법인지, 결국 그녀와는 그걸로 끝이었어."

오늘까지는.

앙리 씨는 중얼거리며 길을 바라보았다.

지금도 여전히 파트라 씨는 벤치에 앉아 글자를 적고 있었다.

"그래서, 조금 전 거리를 순찰하다 저 광경을 발견했는데."

앙리 씨는 탄식을 섞어가며 이야기했다.

"그게, 막상 재회하게 되니 뭐라 말을 걸면 좋을지 알 수가 없더라고."

"그래서 수상한 사람 같은 짓을 하고 있었던 건가요?"

"그…… 응, 그런 셈이 되려나."

"과연, 그렇군요."

나는 고개를 끄덕였다.

"그리고 가능하다면 이번 재회에서 좋은 느낌의 인상을 주고, 최종적으로는 사귀는 그런 관계가 되고 싶다는 거로군요?"

"아, 뭐…… 솔직히 말하자면 그런 셈……이려나? 조금 부끄럽지만."

"과연, 그렇군요!"

나는 힘차게 고개를 끄덕였다.

사정은 자알 알았습니다!

"아무래도 여기서부터는 제가 나설 차례인가 보네요."

"응?"

무슨 말을 하는 거지? 하고 말하고 싶어 보이는 얼굴을 무시하고서 나는 앙리 씨의 어깨를 두드렸다.

"앙리 씨, 맡겨주세요. 저한테 걸리면 파트라 씨와의 관계를 사귀는 사이로 발전시키는 일 같은 건 식은 죽 먹기예요."

"갑자기 뭐지?"

"자, 그런 사소한 건 상관없잖아요."

아마도 나는 이때 자신만만한 얼굴을 하고 있었으리라고 생각한다.

"그나저나 앙리 씨. 사실 저 이전 직장에서 여성용 잡지를 담당한 적도 있거든요."

"으응."

그래서 뭐? 라고 말하고 싶은 듯 눈을 가늘게 뜨는 앙리 씨.

나는 그런 그에게 속삭였다.

"요즘 젊은 여자아이가 좋아하는 것이나 전개에 관해서 앙케트를 한 적도 있거든요……?"

"뭐? 뭐라고……?!"

"후후후, 이게 무슨 뜻인지 아시겠어요?"

저한테 걸리면 파트라 씨와의 재회를 좋은 분위기로 연출할 수 있다는 겁니다!

고로 나는 자신 넘치는 얼굴로 그에게 단언했다.

"앙리 씨, 이제부터 저를 스승님이라고 불러주세요."

그러면 당신과 파트라 씨를 맺어드리죠──라고.

◇

우선은 파트라 씨와 재회하기 전에 작전 회의를 해야만 하겠군요.

"역시 요즘 여자아이는 두근두근한 전개에 약하죠."

단언하는 나.

"두근, 두근……?"

내 말을 따라 하면서도 고개를 갸우뚱하는 앙리 씨. 어쩐지 아무리 씹어도 씹히지 않는 데다 맛있지도 않은 요리를 입에 넣었을 때와 같은 표정을 짓고 있었다. 석연치 않은 표정이라 해도 좋았다.

"저기, 맥밀리아. 질문을 해도 괜찮을까?"

"노! 저는 스승님이라고 불러주세요! 앞으로 존댓말도 써주세요."

좀 전에 말했잖아요!

"아, 네…… 그럼 스승님."

다소 어이없어하면서 그는 시선을 떨궜다.

"이게 과연 두근두근하는 전개와 관계가 있을……까요?"

그의 양손에 들려 있는 것은 형형색색의 꽃다발.

방금 내가 서둘러 사 온 것이다.

"물론 있습니다! 오히려 꽃다발이야말로 두근두근하는 전개에서 가장 주요하다고 말해도 과언이 아니죠."

"네에……."

"알겠죠? 그럼 지금부터 앙리 씨가 해야 할 일을 제가 하나부터 강의해드릴게요."

잘 들으셔야 해요? 하고 나는 그의 어깨를 두드리고서 설명을 해드렸다.

말하길.

우선 첫 번째로, 며칠 만의 재회를 이루기 위해서는 화제의 계기가 필요불가결.

평범하게 말을 건다는 건 언어도단. 만약 그런 짓을 해버리면 대체 어떤 전개가 기다리고 있을 것인가.

아마도 이렇게 되리라.

"후후후…… 오, 오랜만인걸…… 안녕, 나, 나를 기억하려나……."

"네? 징그러워."

뭐 이런 느낌의 전개가 될 겁니다. 틀림없습니다.

그래서는 안 됩니다. 그럼 어떻게 하면 좋을 것인가.

답은 간단 명쾌!

이겁니다!

"──꽃다발을, 좋아하시나요……?"

스윽 하고 스마트 하게 그녀의 앞에 내민 꽃다발. 파트라 씨가 고개를 들면 거기에는 멋진 표정을 짓고 있는 앙리 씨가.

이제 그 순간 승부는 났다고 보아도 과언은 아닐 테지요.

"이 얼마나 멋진 남성분이람!"

뭐 당연히 파트라 씨의 반응도 이렇게 될 테지요.

"──그런고로 꽃다발을 건네면 승리는 확실합니다. 틀림없어요."

"그러려나……."

단언하는 내게 그다지 내키지 않는 투로 대꾸하는 앙리 씨.

"앙리 씨, 괜찮아요. 제 말대로 하면 파트라 씨는 틀림없이 두근두근할 거예요. 바로 연습해보죠!"

"네에……."

이런 건 기세가 중요합니다.

그런고로 나는 그 자리에서 앙리 씨에게 열혈 지도를 시작했다.

"자, 그럼 저를 파트라 씨라고 생각하고 해봐 주세요!"

"이, 이렇게……?"

스으윽, 그 자리에서 무릎을 꿇고 꽃다발을 내미는 알리 씨. 순종적.

"좋아요! 그럼 다음은 그대로 제게 『꽃다발을 좋아하시나요?』라고 말해봐 주세요."

"저기, 맥밀, 이 아니라 스승님…… 정말로 이런 대사로 두근거릴까요?"

"두근거립니다. 틀림없습니다. 왜냐면 저는 연애 이야기의 엑스퍼트니까요."

©Azure

"어쩐지 남의 연애 사정에 살짝 고개를 들이밀고 싶어 하는 구경꾼 같은 느낌이 드는데."

"자, 자, 그런 사소한 건 신경 쓰지 마세요!"

딱히 좀 재미있을 것 같은 전개에 두근두근하고 있다든가 그런 건 아닙니다. 결단코. 아니 아니 정말로.

"자, 일단 제가 가르쳐드린 대사를 반복해주세요! 꽃다발을 좋아하시나요? 자, 어서요!"

"꼬……꽃다발을 좋아하시나요……?"

"음, 안 되겠네요. 전혀 두근두근하지 않아요. 노 두근이에요."

"노 두근이라니……?"

"조금 더 의견을 구하는 듯한 느낌으로 말해보죠."

"……꽃다발을 좋아하시나요?"

"좀 나아졌네요! 앞으로 한 걸음이에요!"

"꽃다발을, 좋아하시나요……?"

"방금 좋았어요! 나이스 두근두근이었어요."

"나는 요즘 여자아이를 잘 모르겠어……."

먼눈을 하면서 한숨을 내쉬는 앙리 씨. 하지만 방금 좋았어요, 라며 그의 앞에 무릎을 꿇고 어깨에 툭 손을 올려놓았다.

"방금 걸 다시 실연해 보이면 파트라 씨도 두근거릴 게 틀림없어요."

"뭐……?"

정말……?

그렇게 반신반의하는 모습으로 눈을 가늘게 뜨는 앙리 씨. 괜찮다니까요! 하고 나는 그런 그의 등을 떠밀었다.

그렇게 반쯤 강제적인 형태로 나는 골목에서 앙리 씨를 쫓아 냈다.

큰길로 나간 앙리 씨의 시선은 똑바로 파트라 씨를 향하고 있었다. 반사적인 동작으로, 그는 그대로 꽃다발을 등 뒤로 감추고 등줄기를 곧게 폈다.

마침 파트라 씨 쪽도 작업이 끝난 모양이었다――벤치에서 일어나, 그녀는 가볍게 기지개를 켜던 참이었다.

"앙리 씨⋯⋯! 이제 시간이 없어요!"

어서 어서! 하고 숨어서 앙리 씨를 재촉하는 나.

"아니, 시간이 없어진 건 주로 네 탓인데⋯⋯."

투덜거리며 불만을 늘어놓으면서도 앙리 씨는 천천히 다가갔다. 한 걸음씩, 확인하는 듯한 발걸음이었다.

파트라 씨에게 다다르는 여정은 아주 짧은 거리밖에 되지 않는다. 그러나 한 걸음 내디딜 때마다 긴장이 앙리 씨의 등 너머로 전해져 왔다.

"⋯⋯⋯⋯."

이윽고 그는 파트라 씨의 앞에 섰다.

그리고 무릎을 꿇고 등 뒤로 감추었던 꽃다발을 내밀었다.

"――꽃다발을, 좋아하시나요?"

연습한 대로의 말을, 연습한 대로 그녀에게 전했다. 아름다운 꽃다발이 두 사람 사이에서 흔들렸다. 그 너머에는 몇 번을 보아도 세상에 아름다운 여성이 한 명.

그녀는 잠시 입을 연 채 멍하니 있었고, 그리고 아주 잠시 침묵한 후.

"——훗…… 후, 후후훗……."

입가를 고상하게 가리면서, 그녀는 어깨를 떨었다.

간지러운 것을 견디듯 입을 누르는 그녀.

웃음소리가 새어 나온 것은 그 직후.

"아하하핫!"

참을 수 없을 정도의 웃음이 새어 나오고 있었다.

고상하고 정숙해 보였던 그녀가 진심으로 즐겁게 웃는 모습은 의외였고, 앙리 씨도 놀라며 그녀를 올려다보고 있는 듯했다.

"죄, 죄송해요……. 웃어서……."

상당히 웃겼는지, 그녀의 눈꼬리에는 눈물이 맺혀 있었다. 하얀 손가락으로 가볍게 눈가를 닦으면서 파트라 씨는 그에게 시선을 보냈다.

"그게, 저쪽 골목에서 필사적으로 연습하는 광경, 여기서 쭉 보였거든요……."

"……!"

새빨개진 얼굴을 한 앙리 씨가 원망스럽다는 듯이 나를 돌아보았다.

우와 무서워.

그래서 나는 할 줄도 모르는 휘파람을 불면서 그에게서 시선을 돌렸다.

하지만 의외로, 잘 풀린 게 아닌가 하는 생각도 했다.

그가 나를 보는 중에.

내밀어진 꽃다발에 손을 뻗는 파트라 씨의 표정은, 사랑에 빠진 소녀처럼 애정으로 넘치고 있었으니까.

◆

꽃다발을 건넨 그날부터 두 사람의 거리는 가까워졌다.

모처럼의 재회라며 앙리는 파트라에게 찻집에 가자고 권했고, 그리고서 좋아하는 책 이야기를 했다. 처음 만난 날부터 어렴풋이 느끼고는 있었지만, 두 사람의 취미는 잘 맞았다.

좋아하는 작가 이야기로 흥이 올랐고, 시간 가는 걸 잊을 만큼 이야기에 푹 빠졌다.

"아, 그……, 저기……."

헤어질 때, 앙리는 부끄러운 듯이 그녀를 바라보며 종이 한 장을 건넸다.

"이거, 제 연락처입니다. 괜찮다면……."

꽃다발을 건네는 것엔 주저하지 않았으면서, 연락처 하나 건네는 것조차 쑥스러워하는 앙리의 모습을 파트라는 사랑스럽다고 느꼈다.

"고마워요."

편지, 쓸게요── 양손으로 정중하게 받아 들면서 파트라는 웃었다.

그리고서 두 사람은 매일 성실하게 우편함을 들여다보는 나날을 보냈다. 매일 밤마다 목소리를 나누지 않는 말을 나누었다. 일 이야기, 취미 이야기, 휴일엔 무엇을 하는지, 괜찮다면 다음 주말에 만날 수 있을지.

흔한 연애소설 같은 날들이 지나간다.

주말, 파트라는 평소보다도 오랫동안 거울 앞에 서 있다가 집을 나섰다.

만나기로 한 장소는 벤치. 앙리가 꽃다발을 건넨 곳. 두 사람 사이에서는 어째선지 그곳이 어느샌가 추억의 장소가 되어 있었다.

약속한 시간보다도 30분 정도 일찌감치 도착한 그녀는 평정을 가장하며 자리에 앉았다.

"언니, 혼자 온 거야?"

아름다운 외모의 파트라는 매우 눈에 띈다. 고개를 돌리자 처음 보는 경박한 남자가 서 있었다.

이것 또한 흔한 연애소설 같았다.

남자는 한가하면 같이 놀지 않겠느냐고 웃으며 물었다. 깨닫고 보니 남자는 파트라의 손을 잡아 억지로 자리에서 일으켜 세우고 있었다. 주변에 도움을 요청하려고 시선을 보내도 아무도 도와주려 하지 않았다.

어쩌면 손을 맞잡고 있는 것처럼 보였는지도 모른다.

연애소설에 나오는 여주인공이 이런 장면에서 바로 도망치지 못하는 이유를 파트라는 이날 처음 알았다.

"응? 괜찮잖아."

낯선 남자의 압박에 그저 순수하게 공포를 느꼈다. 어찌하면 좋을지 알 수 없게 되었다.

"아, 하지…… 마세요."

그래서 가느다란 목소리로 고개를 떨구며 그리 말할 수밖에 없었다.

마음속으로 도움을 요청하는 것밖에 할 수 없었다.

"그만둬."

그녀의 바람에 답한 것은 귀에 익숙한 목소리였다.

고개를 들자 낯선 남자 너머에 앙리의 얼굴이 있었다.

"으엉? 뭐――."

남자가 돌아보았다.

파트라를 잡고 있던 손이, 떨어졌다.

직후에 그 남자의 얼굴이 고통으로 물들었다. 앙리는 파트라 쪽에서는 보이지 않는 각도―― 남자의 등 쪽으로 팔을 비틀어 올리고 그대로 한 걸음, 두 걸음 물러나며 파트라에게서 떼어놓았다.

"나는 보안국 사람이다. 여성을 위협한 너를 지금 여기서 구속해 본부까지 연행하는 것도 가능하지."

그런 짓을 할 생각은 털끝만큼도 없었지만, 보안국이라는 말을 들은 순간 남자의 안색에 동요가 떠올랐다.

"지금 당장 여기서 사라진다면 불문에 부치지. 어떻게 하겠나?"

찌르는 듯한 시선으로 남자를 노려보는 앙리. 답을 재촉하듯이 팔을 더욱 비틀자 남자는 단념했는지 고개를 몇 번이나 위아래로 끄덕였다.

"좋아. 그럼 그만 가봐."

떠밀듯이 앙리는 구속을 풀었다.

남자는 비틀거리면서도 한 번 더 파트라 쪽을 돌아보더니 "남자 친구를 기다리고 있던 거였냐고……"라는 말을 내뱉고 사라졌다.

남자 친구, 가 아니다. 그럴 터다.

자신들의 관계성을 새삼 확인하듯이 파트라는 앙리에게 시선을 보냈다. 그러나 남자의 말은 앙리의 귀에는 닿지 않은 모양이었다.

부드럽게 미소 지으며 앙리는 파트라에게 고개를 기울이고 있었다.

"미안해요. 좀 늦어서."

오래 기다렸어요? 하고 묻는 앙리.

시계는 약속 시간보다 아직 20분 이른 시간을 가리키고 있었다.

파트라가 일상생활 중에 소리 내 웃는 일은 거의 없었다.

그렇기에 앙리와 만난 후의 날들은 마치 자신이 자신이 아닌 것처럼 느껴졌다.

"꽃다발을 좋아하시나요?"

휴일. 퇴근길. 기회가 있을 때마다 앙리는 작은 꽃다발을 파트라에게 건넸다. 선명한 푸른 장미 꽃다발이었다.

언제나 부드러운 표정을 짓고 있는 앙리는 두 사람이 가까워진 계기가 되었던 일을 재현할 때만 진지한 표정을 지어 보였다. 그 것이 더욱 재미있어서 파트라는 웃었다.

"이상한 사람."

파트라가 눈을 가늘게 뜨자 앙리도 뒤늦게 쑥스러운 듯 웃었다.

두 사람 사이에서 장미는 향기를 싣고서 져간다. 햇볕을 받으면 지고 마는 장미의 기물. 일부러 파트라와 만나기 위해 골동품점에서 산 것이라고 한다.

"참고로 진 장미는 밤이 되면 부활한다나 봐요."

꽃잎이 사라진 장미 다발을 성실하게 챙기면서 앙리는 말했다.

"어째서 그런 기물을 일부러 산 건가요?"

"아니……."

앙리는 시선을 피하면서 답했다.

"그게, 그…… 웃어줬으면 좋겠다 싶어서……."

그런 동기로 일부러 준비했다고 한다.

그래서 파트라는 웃었다.

"이상한 사람."

파트라는 지금까지의 인생에서 웃지 않았던 것을 메우듯 앙리와 만나고서 웃음과 행복으로 가득한 날들을 보냈다.

두 사람이 연인으로서 맺어지기까지 시간은 그리 오래 걸리지 않았다.

집으로 돌아와 공백투성이인 일기장을 넘겼다.

앙리와 만난 후부터 일기에 적을 만한 일이 늘어갔다.

오늘은 퇴근길에 근처 레스토랑에서 둘이 함께 저녁을 먹었다. 오늘은 크룰넬비아의 밤길을 둘이 한가로이 걸어보았다. 오늘은 두 사람이 좋아하는 책을 소재로 한 극을 보러 갔다.

특별할 것 없는 날들이 행복으로 물들어 갔다.

"일기를 쓸까."

미소 지으며 펜을 들었다.

기도할 것까지도 없이, 파트라는 알고 있었다.

내일도 오늘과 같은 좋은 날이 되리라는 것을.

◇

"그것참, 그나저나 좋은 일을 해버렸네······."

어느 날, 해가 질 무렵의 일.

골동품점 리리엘에서.

나는 찻잔을 한 손에 들고 잡지를 읽는다고 하는, 집에서 편하게 지낼 때처럼 풀어진 모습을 드러내면서 스스로가 얼마 전에 한 선행을 떠올리며 취해 있었다.

"······갑자기 히죽거리고, 뭐야?"

기분 나빠······라며 리리엘 씨가 책상 너머에서 눈썹을 모으고 있었다.

좋은 기분에 젖어 있던 나는 그런 그녀를 향해 에헤헤 하고 웃고 잡지를 들어 보이며 답했다.

"아니, 사실 얼마 전에 다른 사람을 도와준 일이 떠올라서요."

"······?"

고개를 갸웃거리며 잡지를 바라보는 리리엘 씨. 내가 펼친 페이지에는.

『여자아이가 두근두근하는 상황 최신판!』

그렇게 적힌 잡지의 특집이 실려 있었다. 그게 뭐? 하고 리리엘 씨가 다시 고개를 갸웃거렸을 때, 그리고 보니 앙리 씨와 있었던 일을 아직 리리엘 씨에게 이야기하지 않았다는 것을 떠올렸다.

"실은 말이죠——."

리리엘 씨한테만 이야기하는 건데요, 하고 나는 아무도 듣고 있지 않은데도 목소리를 낮추었다.

소곤소곤 리리엘 씨에게 전부 이야기했다.

——실은 얼마 전에 앙리 씨와 길에서 딱 마주쳤거든요.

——그래서 어찌어찌해서 제가 여성과의 만남에 한몫했는데요.

——뭔가 최근, 그 사람과 사귀기 시작했나 보더라고요.

——즉 이건 제가 앙리 씨와 여자 친구분의 사랑을 맺어준 셈인 게 아닐까요?

등등.

그런 극비 정보를 들은 리리엘 씨의 반응은 매우 심플했다.

"흐응."

담백!

놀랄 거라고 생각했는데!

"어라? 그게 다인가요……?"

예상외의 반응에 오히려 내가 놀랐다.

"뭐, 딱히 놀랄 일도 아닌걸."

담담하게 답한 리리엘 씨는 이어서 이야기했다.

"얼마 전에 꽃다발 기물을 사러 왔을 때, 여자아이에게 보여줄 거라고 하기도 했고."

"네? 처음 듣는데요……."

"너는 그때 없었는걸."

"어째서 그걸 제게 가르쳐주지 않은 건가요……."

"절대로 아무한테도 말하지 말라는 당부를 받았는걸."

"입이 무겁네요."

"너보다는 말이지."

키득 웃는 리리엘 씨.

"앙리도 의식하는 상대가 생겼다는 거잖아? 잘됐어. 신입 때부터 알아 온 사이로서 기쁘기 그지없어."

"상대 여성이 어떤 사람인지 궁금하지 않으세요?"

"응? 딱히."

"좀 궁금하지 않으세요?"

"딱히?"

"저도 멀리서 본 적밖에 없는데, 아주 귀엽고 앙리 씨와 잘 어울리는 느낌이었어요."

"흐응……?"

"궁금하세요?"

"딱히?"

정말인가요?

오랜 지인에게 생긴 연인. 제가 리리엘 씨라면 몹시 궁금할 것 같은데요.

"그가 어떤 아이와 사귀던 자유잖아. 사이좋게 잘 지낸다면 그걸로 됐지."

어디까지고 담담하게 이야기하는 리리엘 씨. 한편 나는 그런 그녀를 흘긋 보곤 평범하게 창밖으로 시선을 주고 있었다.

결코 고용주인 리리엘 씨를 무시한 것이 아니다. 그녀의 말보다도 흥미를 끄는 것이 마침 창밖을 지나갔던 것이다.

"와, 앙리 씨다."

퇴근길인지, 아니면 일부러 휴가를 냈는지는 확실하지 않지만, 아무래도 지금 향하는 곳에서 가슴 설레는 것이 기다리고 있는 모양이었다.

깔끔한 사복 차림. 머리는 평소 일하던 때보다 단정했고 표정도 부드러웠다.

마치 데이트를 하러 가는 도중인 것처럼.

"…………."

앙리 씨의 모습이 보이지 않게 되었을 때, 내 뒤에서 부스럭부스럭 소리가 들렸다. 돌아보니 리리엘 씨가 우산과 가방을 준비하는 참이었다.

어라라?

"외출하시나요?"

"그래, 잠깐 장 보러."

"이제 곧 밤이 될 텐데요."

"갑자기 생각이 나서."

"장을 본다는 이야기가 정말이라면 제가 가겠습니다. 종업원이니까요."

"아니 아니 괜찮아."

"아뇨 아뇨 아뇨 아뇨. ……역시 좀 궁금하신가요?"

"딱히……?"

고개를 돌리는 리리엘 씨.

이 사람 거짓말을 너무 못하네, 저는 그런 그녀의 얼굴을 보며 멍하니 그런 생각을 했습니다.

◇

그 후 앙리 씨가 혼자 찾아간 곳은 길모퉁이에 있는 레스토랑.

테라스석에 자리를 잡은 앙리 씨는 메뉴판을 보거나, 음식 냄새를 실은 초여름의 시원한 바람에 기분 좋게 눈을 가늘게 뜨거나 했다. 이 가게의 대표 메뉴는 스테이크라고 한다.

"그나저나 데이트라면 조금 더 비싼 가게를 골라도 좋지 않을까요?"

그런 그를 살짝 떨어진 곳에서 몸을 숨기고 관찰하는 것이 바로 나였다.

벌이는 꽤 괜찮은 편일 텐데, 모처럼의 데이트에 조금 더 힘을 줬어도 좋지 않았을까?

"이건 아마도 앙리의 책략일 거야."

내 옆에서 다 안다는 표정을 짓고서 해설을 시작한 리리엘 씨. 참고로 나와 마찬가지로 그녀도 역시 몰래 숨어 있다.

"아마도 상대 여성에게 부담을 주지 않으려고 일부러 너무 비싸지 않은 가게를 고른 걸 테지."

"과연……! 수완가로군요."

"혹은 상대의 가치관을 판단하고 있는 건지도 몰라."

"그 말은?"

"데이트할 때 비싸기만 한 가게에 데려가는 것에만 가치를 느끼는 그런 인간인지 어떤지—— 앙리는 군이 이런 가게를 선택함으로써 자신과 가치관이 맞는지 어떤지를 확인하려 하고 있는 거야."

"오오……! 거기까지 생각하고 이 가게를 고른 건가요……!"

"역시 보안국 사람이라고 해야겠지."

"하지만 저로서는 여성을 두고 그런 품평 같은 걸 하는 남성은 기본적으로 인기가 없다는 인상이 있는데 말이죠."

"앙리한테 지금까지 연인이 생기지 않았던 이유가 판명됐네."

"참고로 리리엘 씨, 교제 경험은?"

"…………."

"…………."

우리 두 사람 사이에 슬픈 침묵이 흘렀다.

앙리 씨가 멍하니 중얼거린 것은 그 무렵이었다.

"여기가 파트라가 추천하는 가게인가……."

…………

"리리엘 씨, 이 가게를 고를 건 앙리 씨가 아닌 것 같은데요."

"내가 앙리의 연애 사정 같은 걸 알 리가 없잖아."

"삐졌어."

아무튼 앙리 씨와 상대 여성—— 파트라 씨의 관계는 내가 생각했던 것 이상으로 잘 풀리고 있는 듯했다.

기다리는 그의 얼굴을 보면, 얼마나 그녀에게 끌리고 있는지는 일목요연하다 할 수 있었다.

"가능하면 좀 더 가까이에서 보고 싶네요……."

저는 파트라 씨를 멀리서밖에 못 봤거든요.

"참도록 해. 너무 가까이 가면 들킬 거야."

둘이 나란히 소곤거리며 한 남성의 모습을 엿보고 있는 꼴은 수상한 사람 그 자체였다. 보안국에 신고를 당해도 불만을 말할 수 없을 만한 상황이라고도 할 수 있었다. 남에게 들키면 끝장이라고도 할 수 있었다.

"그러고 보니 우리 가게엔 투명해지는 기물 같은 건 없었던가요?"

"어째서 지금 그걸 떠올린 걸까?"

"아니 그, 딱히 깊은 의미는 없거든요."

"그거라면 마침 오늘 아침에 해주한 참이야. 이미 평범한 천으로 돌아갔어."

"어라라? 그런가요?"

"그런 걸 썼다간 프라이버시 침해가 되는걸……."

"지금 딱 프라이버시를 침해하고 있는데요……."

가게 안쪽 창고에 있는 것은 리리엘 씨가 정기적으로 해주—— 즉, 기물에 걸린 기도를 풀어서 평범한 물건으로 되돌리고 있다.

도난당해 악용되었을 때의 리스크를 생각하면, 평범한 물건으로 되돌리는 편이 낫다는 판단이리라.

"아."

하지만 그래도 역시 왠지 아까운 느낌이 들고 만다.

우리가 이야기를 나누는 사이에 앙리 씨가 기다리던 사람이 나타났다.

갈색 머리카락의 세미 롱. 오늘도 아름다운 파트라 씨. 투명해지는 천이 있으면 좀 더 가까이에서 볼 수 있었을지도 모르는데.

"아, 파트라."

기다렸어──.

우리가 지켜보는 가운데 앙리 씨는 그녀에게 웃어 보였다. 파트라 씨도 역시 웃었다. 서로 사랑하는 연인의 모습이 거기에 있었다. 온화한 분위기가 두 사람 사이에 흘렀고, 그리고 파트라 씨는 부드러운 표정을 지은 채 손에 들고 있던 나이프로 앙리 씨를 찔렀다.

◆

지금으로부터 한 달 전의 일이었다.

길가에 면한 부티크 앞에서 한 여성이 걸음을 멈추었다.

갈색의 롱 헤어를 흔들며 그녀는 쇼윈도를 힐끗 보았다.

초여름다운 시원한 옷을 걸친 마네킹이 가슴을 펴고 늘어서 있었다. 눈부시다. 얼굴 없는 인형들을 올려다보며 그녀는 한숨을 내쉬었다.

파트라.

그것이 그녀의 이름이었다.

유리에 비친 것은 당장에라도 사라져버릴 것만 같은 어두운 표정을 짓고 있는 자신의 모습. 촌스러운 검은 뿔테 안경에, 어딘지 모르게 후줄근한 블라우스와 롱스커트. 안심할 정도로 익숙한 차림. 그런 한편으로 세련되지 못한 인상은 지울 수 없었다. 그렇다고 해서 마네킹 같은 차림을 할 용기도 생기지 않았다.

그저 손에 넣을 수 없는 것을 부러워하는 마음을 품으며, 그녀는 언제나 계절이 바뀔 때마다 쇼윈도를 바라보았다. 적어도 시선을 돌리면 나쁜 기분이 들거나 하지는 않으련만, 한 번 배어버린 습관을 의식하지 못하고 반복했고, 계절이 바뀔 때마다 언제나 우울한 기분이 되었다.

오래전부터 파트라의 일상은 어둠에 뒤덮여 있었다.

직장에서는 사무원으로 일한 지 올해로 6년째가 된다. 매일 같은 작업의 반복. 입사 초창기엔 성실한 아이라고 평가받았다. 어느샌가 재미없는 사람이라는 말을 주변에서 듣게 되었다. 그래도 묵묵히 하루하루의 업무를 해냈다.

혼자 산다. 친구는 거의 없다. 일상생활에서 말하는 일도 거의 없다. 이렇다 할 취미도 없다. 그런 자신은 보잘것없는 사람이라고 느꼈다. 그러나 새롭게 무언가를 하고 싶다고 생각할 정도의 체력이 있을 리도 없었다. 그저 매일 반복, 같은 길을 걷고, 일을 하러 가고, 아무도 없는 집으로 돌아오는 날들을 반복할 뿐.

그저 막연하게 어둠에 뒤덮인 매일을 반복한다.

살아 있을 뿐.

숨 쉬고 있을 뿐.

그러던 어느 날의 일이었다.

"……어라?"

당황했다.

평소와 같은 출퇴근길. 평소와 같은 부티크 앞.

평소처럼 쇼윈도를 바라보던 파트라의 눈에 눈물이 고여 있었다.

어째서 우는지 모른다. 뺨을 타고 흐르는 눈물은 닦아도 계속 흘렀다. 이윽고 파트라는 그 자리에 서 있을 수 없게 되었다. 주저앉아 오열했다.

그때가 되어서야 겨우 파트라는 자신이 자신의 마음에 뚜껑을 닫아두고 있었다는 것을 깨달았다. 지루한 매일이 싫어졌다는 것을 깨달았다.

사실은 줄곧 누군가가 도와주길 바랐다는 것을 깨달았다. 쉬지 않고 흘러내리는 슬픔의 눈물을 닦으며 그녀는 길 위에서 어찌하면 좋을지 알 수 없었다.

"──괜찮으세요?"

그런 그녀에게 손을 내민 사람은, 단 한 명뿐이었다.

"……어?"

다정하게 어깨에 올려진 손을 보았다.

그곳에 있던 것은 검은 상복 같은 드레스를 입은 아름다운 여성.

빛이 닿지 않는 심해와 같은 검은 눈동자를 가진 여성.

이름은 카렌듈라라고 했다.

"그것참…… 힘들었겠네요."

카렌듈라는 파트라를 가까운 찻집으로 데려가더니 친근하게 그녀의 고민에 귀를 기울였다.

"저, 당신의 슬픔을 뼈저리게 이해해요."

파트라의 정면에 마주 앉은 카렌듈라는 그녀가 줄곧 마음 한편으로 바라왔던 말을 해주었다.

"당신 주변 분들도 차가운 사람이네요. 당신이 이렇게나 피폐해졌는데 살펴봐 주지도 않다니."

당신은 잘하고 있어요. 주변 사람들보다 훨씬——하고, 손을 잡고 카렌듈라는 말을 걸어주었다.

이상한 기분이었다.

누군가에게 자신의 속내를 밝힌 것은 이게 처음이었다. 이제 막 만났는데도 카렌듈라에게는 전부 다 이야기할 수 있을 것만 같았다.

매일이 지루하다.

인생에 다채로움이 없다.

주변에 있는 건 싫은 사람뿐.

스스로도 놀랄 만큼 계속해서 파트라의 가슴속에서 카렌듈라에게로 흘러간다. 불평처럼 늘어놓은 말들에 고개를 끄덕이더니, 이윽고 카렌듈라는 "견딜 수 없이 괴롭다면, 제가 도와드릴까요?"라고 제안했다.

말의 의미를 알 수 없어 고개를 갸우뚱거리는 파트라에게 카렌듈라는 명함을 내밀었다.

"실은 저, 이런 가게를 운영하고 있거든요."

그것은 새까만 종이에 가게 이름만이 적혀 있는 단순한 명함이었다.

"골동품점, 카렌듈라……?"

소리 내 읽으면서 고개를 갸웃거리는 파트라.

"가게 이름에 쓰인 대로, 제가 가게 주인인 카렌듈라예요."

미소 지으며 그녀는 이야기했다.

골동품점 카렌듈라는 특정한 점포를 두지 않고, 곤란에 처한 사람을 거리에서 찾아 기물을 제공한다고 카렌듈라는 설명했다.

파트라도 또한 카렌듈라에게 있어선 고객 중 한 명.

그러나 싫은 기분은 전혀 들지 않았다.

카렌듈라는 파트라가 원했던 것을 준 사람이니까.

"파트라 씨의 고민에는 이게 좋겠네요——."

테이블에 꺼낸 것은 오래된 만년필.

"이건 이상을 이뤄주는 만년필이라고 불리는 거예요. 기물로서의 효과는 이름 그대로."

만년필로 소원을 쓰면 그것이 현실이 된다.

예를 들어 출퇴근 중에 돈을 줍는다고 쓰면. 예를 들어 회사에서 즐거운 일이 생긴다고 쓰면. 예를 들어 멋진 만남이 있다고 쓰면.

전부 그대로 실현해준다.

그러한 기도가 담긴 기물이라고 한다.

"그렇다고 해서 뭐든 이뤄지는 건 아니에요. 어디까지나 이뤄지는 건 주인의 손이 닿는 범위의 일들에 한정돼요."

날씨를 바꾸거나, 죽은 사람을 살리거나. 애초에 실현 불가능한 소원은 이뤄지지 않는다고 한다.

바꿔 말하자면 대부분의 일은 쓴 대로 된다는 뜻이기도 하다.

"대단해……."

그리고 동시에, 파트라가 바라는 정도의 일이라면 전부 만년필로 이룰 수 있다는 뜻이기도 했다.

만년필을 손에 들고, 한숨을 내쉬는 파트라를 보며 카렌듈라는 미소 지어 보였다.

그리고 말했다.

지루한 매일도.

다채롭지 않은 인생도.

주변의 모든 싫은 사람들도.

"전부 당신이 바란 대로 될 거예요."

그러니까 당신이 그린 이상적인 이야기를, 그 만년필로 많이 지어주세요──라고.

이상적인 이야기를 짓는다.

그 말을 듣고 가장 먼저 떠올린 것은 일기였다.

만년필이 가진 힘이 진짜라면, 예를 들면 다음 날의 일기에 멋진 하루의 기록을 지어두면 그대로의 하루가 될 터.

"……어떤 하루가 좋으려나."

카렌듈라에게 만년필을 산 파트라는 반신반의하면서도 그날

밤 책상 앞에 앉아 생각에 잠겼다.

그리고 얼마 후 처음으로 쓴 이야기는, 그리 특별하지 않은 흔한 이야기였다.

평소처럼 출근하던 파트라는 길 저편에서 곤란에 처한 노인을 발견한다. 변덕처럼 노인을 도운 파트라. 하다못해 이름이라도 알려달라며 노인은 졸랐지만, 파트라는 일 때문에 서둘러 그 자리를 떠난다.

그 후, 그 노인이 글쎄 거래처의 회장님이라는 사실이 판명된다. 파트라는 훌륭한 사람이라 평가받고, 회사에서도 인정받게 된다.

그런 흔해 빠진 이야기.

"……바보 같아."

한 페이지를 다 써가며 망상을 지어낸 뒤 허무해진 파트라는 만년필을 내려놓았다.

이런 형편 좋은 일이, 생길 리 없다——.

그렇게 생각했다.

그러나 다음 날, 파트라는 출근 중에 정말로 곤란에 처한 노인과 마주쳤다. 말을 걸어보니 노인은 길을 잃어버렸다고 했다. 노인의 목적지는 마침 파트라의 직장 바로 근처였다. 안내하는 파트라.

그리고 얼마 후에 노인이 파트라의 직장을 방문한다. 상상했던 대로.

"파트라 씨, 대단한걸!" "다시 봤어!"

회사 동료들이 그녀를 칭찬했다. 이것 또한 상상했던 대로.

기물의 힘은 진짜였다. 파트라는 흥분이 가시기도 전에 다음 날의 일기를 썼다.

그것은 예를 들면 지금까지 쭉 사고 싶었던 옷을 입어보고, 사람들을 돌아보게 만드는 전개라든가. 머리 모양을 바꾼 것만으로 남자들이 접근해 오는 것이라든가.

그런 어디에나 있을 법한 이야기.

부끄러워서 하지 못했던 일도, 주변의 시선이 신경 쓰여 용기를 내지 못했던 일도, 지금이라면 다 할 수 있을 것만 같았다.

매일이 즐거운 일들로 물들어갔다.

내일이 기대되었다.

마치 다시 태어난 듯한 기분을 느끼며 파트라는 매일같이 멋진 미래의 일들을 일기에 적었다.

그리고 만년필을 카렌듈라에게 산 지 일주일이 지났을 때였다.

"……슬슬, 멋진 만남이 있어도 괜찮을 때가 아닐까?"

밤, 달을 올려다보며 파트라는 생각했다.

멋진 남성과의 만남은 어떤 게 좋을까.

파트라의 머릿속에 가장 먼저 떠오른 것은 이야기 속에서 자주 등장하는 전개였다. 책에 손을 뻗고, 서로 손끝이 닿는 남녀. 취미가 비슷한 두 사람이 가까워져 간다. 어디서나 볼 수 있는 흔한 이야기.

쭉 그늘 속에 있던 파트라에게는 아무리 바라도 이뤄지지 않았던, 운명의 사람과의 만남.

"……아."

다음 날.

파트라와 손끝이 닿은 것은, 진녹색 머리카락을 가진 남성.

이름은 앙리라고 했다.

처음 본 그날, 그녀는 그가 바로 운명의 사람이라고 느꼈다. 며칠 후 파트라는 일기에 앙리와 길에서 만난다고 적었다.

앙리는 파트라가 떨어뜨린 과일을 주워 담아주었다. 가까이에서 보는 앙리의 진지한 표정에 점점 더 푹 빠졌다.

세 번째는 파트라가 그렸던 대로 벤치에 앉아 있던 그녀를 만나러 와주었다. 꽃다발을 건네면서 얼굴을 새빨갛게 붉히는 앙리가 사랑스러웠다.

그날부터, 파트라의 일기는 앙리에 관한 것들로만 채워지게 되었다.

앙리와 평생 함께할 수 있기를 기도하면서.

◇

"──그녀는, 저주받았어."

내게 가방을 건넨 다음, 그 한마디만을 남기고 리리엘 씨는 두 사람 쪽으로 달려갔다.

앙리 씨는 멍하니 자신의 복부를 내려다보았고, 그리고 파트라 씨를 올려다본 다음, 무너져 내렸다. 만들어진 물건처럼 힘을 잃은 그의 등이 테라스석 바닥에 쓰러졌다. 가게 어디선가 비명이 터져 나왔다. 나이프를 든 파트라 씨의 손이 피로 젖어 있었다.

"끝내야 해…… 이야기, 끝내야 해……."

같은 말을 몇 번이고 몇 번이고 중얼거리는 파트라 씨.

마치 무언가에 조종당하고 있는 것만 같았다.

리리엘 씨가 다가가도 그녀는 그저 중얼거리며 나이프를 들뿐. 도저히 말이 통할 만한 상태로는 보이지 않았다.

"끝내야 해…… 끝내야 해……."

내찔러지는 나이프.

리리엘 씨는 냉정하게 우산 손잡이를 파트라 씨의 팔에 걸어 궤도를 틀었고, 그리고 이쪽을 돌아보았다.

"맥밀리아."

평소와 같은 차분한 목소리가 들렸다.

"내 가방 안에 붕대가 있어. 그걸로 앙리에게 응급처치를."

"네, 넷!"

방관하고 있을 때가 아니었다. 허둥지둥 앙리 씨에게 달려가면서 나는 가방을 열었다. 안에는 지갑 같은 귀중품과 함께 붕대와 거즈가 들어 있었다. 준비성이 좋다.

"나는 우선 이 애한테서 나이프를 뺏을 테니까."

리리엘 씨는 파트라 씨와 마주하며 한 걸음씩 천천히 앞으로 나아갔다. 나이프를 휘두르는 파트라 씨는 그 움직임에 맞추듯이 뒷걸음질 쳤다. 마치 리리엘 씨에게 공격을 받고 있는 것처럼도 보였다.

앙리 씨에게 이 이상 위해가 가해지지 않도록 떼어놓고 있는 것인지도 모른다.

"──앙리 씨, 괜찮으세요?"

덕분에 앙리 씨의 치료에 전념할 수 있었다. 내가 안아 일으키자 그는 괴로운 듯 얼굴을 찌푸리고 이를 악물면서도 나를 바라보았다.

"……못난 꼴을 보였네."

살아 있다.

"여유는 있나 보네요."

찔린 곳에 거즈를 대고 붕대를 감았다. 최소한의 응급처치는 될 터였다.

"무슨 일이 있었던 건가요?"

전에 만났을 때와 파트라 씨의 상태가 명백하게 달랐다. 얼굴에는 생기가 없었고, 지금도 여전히, 리리엘 씨가 휘두르는 우산을 피하면서도 나이프로 그녀를 찌르려 하고 있었다.

"나야말로 묻고 싶다고."

마치 그녀가 아닌 것 같아── 앙리 씨는 피가 배어 나오는 거즈를 누르면서 슬픈 듯이 중얼거렸다.

저주받고 있다.

리리엘 씨는 그녀를 가리키며 그렇게 말했다.

기물의 효과가 그녀를 바꾸어버린 것일 테지만.

"끝이야."

챙그랑──하고 울려 퍼지는 금속음. 뒤이어 아주 작은 신음소리. 우리가 시선을 돌리자, 마침 파트라 씨가 깔아뭉개진 참이었다.

엎어진 채 발버둥 치듯 파트라 씨는 지면에 떨어진 나이프로 손을 뻗었다.

"끝내야 해…… 이야기, 끝내야 해……."

무언가에 씐 것처럼 계속해 중얼거리는 그녀.

언제까지고 저대로 날뛰게 두어선 해주도 제대로 할 수 없다. 나는 리리엘 씨 쪽으로 달려가, 대신해 파트라 씨를 제압하기로 했다.

"끝내야 해……."

리리엘 씨는 시원스러운 얼굴로 그녀를 깔아 누르고 있었지만, 실제로 그녀를 제압하는 데는 상당한 힘이 필요했다.

가냘픈 여성이라고는 생각할 수 없을 정도로 힘이 세서, 짐승을 상대하고 있는 것만 같았다.

"어디서 이런 힘이……."

"저주 탓에 제어가 어려워진 거야."

내게 답하면서 리리엘 씨는 파트라 씨의 어깨에서 늘어뜨려진 가방으로 손을 뻗었다.

그녀를 조종하고 있는 기물의 정체가 리리엘 씨에게는 보였나 보다.

"……앙리, 이 애가 이걸 들고 있는 걸 본 적은?"

망설임 없이 빼 든 것은 오래된 만년필.

그리고 한 권의 책.

"……있습니다."

끄떡이고 앙리 씨는 자리에서 일어났다.

"저와 약속하고 만날 때 자주 썼으니까요."

복부를 누르고, 천천히 걷기 시작한 그의 걸음걸이는 부자연스러웠다.

"어떤 내용을 썼는지는 알아?"

"연인이라도 사생활은 존중해야 합니다."

"……그래."

가볍게 고개를 끄덕이면서도 리리엘 씨는 주저하는 일 없이 책을 펼쳤다.

아무래도 일기장인 것 같았다. 리리엘 씨가 펼친 페이지에는 만년필로 쓴 듯한 예쁜 글씨가 가득 적혀 있었다.

하루 한 페이지씩.

"……과연."

리리엘 씨는 페이지를 넘기며 고개를 끄덕였다. 넘길 때마다 페이지를 뒤덮은 것은 예쁜 글씨. 또 예쁜 글씨. 그런데 점점 글씨가 흐트러져서 읽기 어려워졌다.

서둘러 쓴 듯 휘갈겨 쓴 글씨. 다음 페이지는 더 지저분하고 어지러운 글씨.

그리고 더 넘기면 오늘 날짜.

"……그녀가 이렇게 된 원인은 이거였네."

거기에는 간신히 읽을 수 있을 정도로 엉망진창인 글자가, 단 한마디 쓰여 있었다.

『이야기를 끝낸다.』

지금도 여전히 내 아래에 있는 그녀가 저주처럼 중얼거리는 말이, 거기에 있었다.

◆

"……어라?"

처음 파트라가 위화감을 느낀 것은 앙리와 몇 번인가 데이트를 거듭한 날의 밤이었다.

문득 깨닫고 보니 다음 날에 일어나야 할 일을 일기에 다 적은 상태였다. 무얼 쓰고 있었는지를 그녀는 다 쓴 후에 일기장을 읽고서야 알았다. 거기에 있는 것은 특별할 것 없는 내용. 그러나 쓴 기억은 없다.

오늘은 어떤 하루였던가. 기억해내려 고개를 갸우뚱거렸다. 하루 종일, 자신이 무얼 했는지 전혀 기억나지 않았다.

어쩔 수 없이 일기를 다시 읽었다. 오늘의 일기에는 앙리와의 추억이 쓰여 있었다. 그제야 겨우 멋진 하루를 떠올렸다. 그러나 정말로 자신이 체험한 일 같지 않았다. 마치 타인의 일기를 엿보고 있는 것 같은 서먹함이 손안에 있을 뿐이었다.

하루의 기억이, 거의 없다.

"……어떻게 된, 거야?"

매일이 이상적으로 즐거운 날들의 연속이니까.

그렇지 않다.

"응? 어라……? 어째서……?"

눈을 깜빡인 직후, 시곗바늘이 한 시간 돌아가 있었다. 그런 것처럼 보였다. 손의 일기에 시선을 떨어뜨렸다. 쓴 기억이 없는 흐트러진 글씨가 거기에는 있었다.

한 시간 돌아간 것이 아니라, 거의 꼬박 하루의 시간이 경과한 것이다.

"내, 내 하루는……? 어째서? 뭐가 어떻게 된…….."

고동이 빨라진다. 직후에 다시 일기가 늘어났다.

또 하루, 지나갔다.

혼란에 빠진 그녀를 내버려 둔 채 시간만이 덧없이 흘러갔다. 기억이 없는 날들이 그녀의 일기에 쓰여간다.

"혹시…… 일기를 쓰는 탓……?"

꼭 쥐고 있는 오래된 만년필로 시선을 보냈다. 그녀의 날들이 달라진 것은 일기를 쓰기 시작한 다음부터였다.

그렇다면 일기를 쓰지 않으면 된다.

파트라는 일어서서 창밖으로 만년필을 던져버렸다. 일기장도 쓰레기통에 버렸다. 시간이 멋대로 흘러가는 공포에서 도망치려는 것처럼 그녀는 침대로 들어갔다. 깨닫고 보니 책상 앞에서 만년필을 쥐고 있었다.

다시 하루가 지나 있었다.

"히익――."

오래된 만년필과 일기장은 더러워져 있었다. 분명 버렸을 텐데――공포와 의문으로 가득 찬 머릿속에, 자기 자신이 주우러 갔던 기억이 섞여 있었다.

"——제 만년필을 버리다니, 너무하네요."

등 뒤에서 목소리가 들렸다.

돌아보니 상복 같은 검은 드레스를 입은 여자가 한 명, 서 있었다.

카렌듈라였다.

"당신, 어째서…… 어디서……?"

"어라? 기억 안 나나요? 당신이 저를 집까지 초대해줬잖아요?"

이상한 소리를 하네요, 하고 카렌듈라는 웃었다. 그런 기억은 없다. 그럴 터인데, 머릿속에는 카렌듈라를 집으로 초대하는 기억이 있다. 손안의 일기에도 『카렌듈라 씨를 집으로 초대한다』라고 흐트러진 글씨로 적혀 있었다.

하지만 이제 그런 건 어찌 되든 상관없었다.

"저기, 저기……!"

혼란에 빠진 머릿속을 지배하는 것은 어찌할 수 없는 분노뿐이었다.

"카렌듈라 씨……! 당신, 나한테 대체 뭘 한 거야……!"

"뭘 했다, 라뇨?"

키득 하고 웃음 짓는 카렌듈라. 그 모습도 역시 도발적으로 보였다.

"만년필을 받은 후부터, 이상해졌단 말이야!"

들어 올린 일기장에는 낯선 흐트러진 글씨들. 카렌듈라는 그것을 보고는 다시 기쁜 듯이 미소 지었다.

"어머나! 일기로 이야기를 쓴 건가요? 괜찮은 아이디어네요!"

로맨틱하고 멋져요! 라고.

말하고 싶은 건 그런 게 아니다.

"이런 걸 쓴 기억은 없어."

당신이 나한테 뭔가 한 거 아냐? 하고 파트라는 카렌듈라를 노려보았다.

"제가? 설마요. 그걸 쓴 건 틀림없는 당신 자신. 책임 전가는 그만둬 주세요."

"하지만——."

"기억에 없다, 라는 건가요? 그야 그럴 테죠."

카렌듈라는 끝까지 미소를 지은 채 말했다.

"일기를 쓰고 있는 건 당신이면서 당신이 아니니까요."

"……나, 면서, 내가 아냐……?"

의미를 알 수 없었다.

당황하는 파트라에게 카렌듈라는 "그럼 자세하게 설명해드릴게요"라며 손을 맞대고 눈을 가늘게 떴다.

"저한테 만년필을 산 당신은 자신이 그리던 이상적인 이야기를, 하루의 일기로 쓰기 시작했죠?"

파트라는 대꾸하지 않았다.

"이야기에 쓰인 대로 당신은 멋진 이야기의 주인공이 됩니다. 그 모습은 결국 당신의 이상을 따르는 꼭두각시 같다고 할 수 있겠죠."

일기 너머에서 카렌듈라는 여전히, 기분 나쁜 미소를 지으며 이야기하고 있었다.

"그리고 일기에 쓰인 대로 멋진 이야기를 온종일 연기해낸 다음, 당신은 다시 다음 이야기를 일기로 적습니다. **실에 매달린 꼭두각시인 채로.**"

일기에 쓰여 있는 것은, 당신이면서 당신이 아니다.

그 말이 의미하는 것은, 단순한 사실이었다.

꼭두각시.

"즉, 꼭두각시가 다음 꼭두각시를 만들고, 그 꼭두각시가 그다음 꼭두각시를 만들고, 그때마다 이상적인 당신의 이야기를 계속 연기한다……. 끝없는 꼭두각시의 연쇄라 해야 할까요? 그렇게 계속 쓰면 자아가 망가져 버리는 것도 무리는 아니지 않을까요?"

"내가, 망가졌다고……?"

"이런, 죄송해요. 당신은 원래 결함투성이였죠."

역시 속은 거라고, 파트라는 그제야 겨우 확신했다.

카렌듈라는 이리되리라는 것을 전부 내다보고서, 소심해 보이는 파트라의 약점을 파고들어 만년필을 쥐게 한 것이다.

그러나 이제는 화도 나지 않았다.

화내 본들 어떻게 할 방도도 없다. 애초에 소심하고, 아주 조금 상냥하게 대해준 정도로 들떠 버린 자기 자신이 잘못한 거니까.

"어떻게 하면…… 어떻게 해야 나는…… 원래대로 돌아갈 수 있어……"

처음 카렌듈라와 만났던 날처럼, 어찌할 도리도 없는 슬픔이 넘쳐 나와 눈물이 흘렀다.

앙리 같은 연인과 보낸 멋진 날들 같은 건 자신에게는 과분한 것이었다. 이제 아무것도 바라지 않는다. 그러니 적어도 원래 생활을 돌려주었으면 좋겠다.

파트라는 그 자리에서 울며 쓰러져 애원했다.

"돌아가고 싶나요? 그거라면 간단하답니다."

다정하게 어깨에 올려진 손을 보았다.

그리고서 카렌둘라는 파트라에게 단 한마디만을, 속삭였다.

"끝내 버리세요."

그 후에 무엇을 썼는지는 기억나지 않는다. 유일하게 기억하고 있는 것은, "멋진 결말이네요" 하고 빛없는 눈동자로 웃는 카렌둘라의 얼굴뿐이었다.

"이 만년필은 글을 쓴 본인, 그리고 주변 인물을 말려들게 하는 기물. 쓰인 인물은 그대로 움직여야만 하게 돼."

아주 오래전에 누군가의 기도로 태어난 이 만년필에는 그러한 저주가 걸려 있다고 리리엘 씨는 이야기했다.

"한 번이라도 쓰면 주인은 끝없는 저주 연쇄에 갇히고, 자아가 망가질 때까지 계속 쓰게 되지. 그런 기물이야."

깔끔하게 쓰인 첫날의 일기.

엉망진창이 된 마지막 일기.

파트라 씨는 저주 연쇄의 마지막에 다다르려 하고 있는지도 모른다. 적어도 내 아래에서 신음하는 파트라 씨에게 말이 통할 거라고는 도저히 생각할 수 없었다.

"누가 이런 걸 그녀에게 줬는지는 모르겠지만."

말하면서도 내 머리에는 골동품점 카렌듈라의 이름이 떠오르고 있었다. 그러나 지금은 누구 탓에 이리되었는지를 이야기할 때가 아니다.

"파트라 씨를 원래대로 되돌릴 방법은 없는 건가요?"

"기물을 써서 되돌린다, 라는 거라면 무리야."

얕은 한숨과 함께 고개를 가로젓는 리리엘 씨.

예를 들어 다른 기물을 써도 글을 쓴 사실을 지우는 것은 불가능하다. 예를 들어 만년필을 써서 지금까지 일어났던 일들을 없었던 일로 하는 것도, 불가능하다.

"하지만, 달리 방법이 없는 건 아니야."

그녀는 장갑을 벗고, 일기를 쓰다듬었다.

"내가 해주면 아마도 그녀는 원래대로 돌아올 거야."

"──그럼."

기물에 담긴 기도를 지우는 힘이, 그녀의 손에는 있다.

투명해질 수 있는 천을 평범한 천으로 되돌린 것처럼, 혹은 나와 만났을 때 향수 효과를 없애버렸던 것처럼, 손을 대면.

파트라 씨는 원래대로 돌아온다. 그럴 터.

"이번엔 이야기가 그리 간단하지 않아. 맥밀리아."

나는 분명 기대가 담긴 눈빛을 그녀에게 보내고 있었으리라. 리리엘 씨는 눈을 내리뜨며 일기를 쓰다듬었다.

"이전에 네게 뿌려졌던 향수는 사람의 마음을 증폭시키는 효과뿐이었어. 그래서 나도 간단히 해주에 나설 수 있었던 거야. ⋯⋯하지만 이 만년필은, 쓴 순간부터 사람의 의식을 조종하는 기물."

그리고 그녀는, 이야기했다.

"만년필에 담긴 기도를 해주하면, 조종당하던 동안 일어났던 일에 관한 기억은 전부 없었던 일이 되는 거야."

그건, 바꿔 말하자면, 즉.

"두 사람의 만남이 없었던 일이 된다는, 건가요⋯⋯"

조용히 고개를 끄덕이는 리리엘 씨.

만년필 탓에 이상해지고 만 파트라 씨. 그리고 그녀와 만나 맺어진 앙리 씨. 두 사람이 만나고, 이어지고, 지금에 이르기까지의 일이, 전부.

두 사람의 기억에서 사라지고 만다.

"그런──."

어떻게 못 하나요? 나는 매달리듯이 리리엘 씨를 올려다보았다. 그러나 그녀는 고개를 저을 뿐.

어쩔 도리가 없어. 희미하게 들릴 정도의 목소리로 중얼거릴 뿐이었다.

"하지만, 그래도⋯⋯."

나는 알고 있다.

부끄러운 마음을 억누르며 꽃다발을 건넬 정도로 앙리 씨가 그녀에게 끌렸던 것도.

그리고 앙리 씨의 꽃다발을 기뻐하며 받을 정도로 파트라 씨도 그에게 끌렸다는 것도.

"괜찮습니다. 해주세요."

그 목소리에 고개를 들었다. 나와 리리엘 씨를 바라보는 앙리 씨의 모습은 냉정함이 넘쳤다.

사실은 아파서 견딜 수 없을 텐데.

"……괜찮겠어?"

확인하는 리리엘 씨에게 그는 간단히 끄덕여 보였다.

"저는 보안국 사람입니다. 일반 시민인 그녀를 지킬 의무가 있습니다."

나와의 관계를 기억하는 것으로 그녀가 괴로워야 한다면, 지워 주십시오── 답하는 그의 눈에 망설임은 보이지 않았다.

"……그래."

리리엘은 딱 한 번 조용히 고개를 끄덕이고, 눈을 감았다.

그 이상 뭔가 그에게 말을 거는 일은 없었다.

대신 창백한 빛이 파트라 씨의 일기장 위로 떠올랐다. 해주가 시작되었다. 만년필로 새겨진 일이, 사람들의 기억에서 지워져 사라진다.

그러던 중.

"……앙리 씨."

내 아래에서, 목소리가 새어 나왔다.

해주가 시작된 영향인지는 알 수 없다. 그러나 내게 제압당해 있던 파트라 씨는, 이전 벤치에 앉아 있던 때처럼 아름답고 귀여운 그녀로 돌아와 있었다.

누르고 있던 손의 힘을 풀고, 나는 그녀를 그 자리에 세웠다. 천천히, 떨면서 우리를 바라보는 그녀의 눈동자에는 눈물이 고여 있었다.

"미안해요. 나, 나——."

"괜찮아."

찔린 복부를 누르면서도 앙리 씨는 한 손으로 그녀를 끌어안았다. 몇 번이고 몇 번이고 반복해 사과하면서 파트라 씨는 떨리는 두 손으로 그의 옷에 매달렸다.

당장에라도 무너질 것 같은 파트라 씨를 지탱해주듯이 앙리 씨는 등에 손을 둘렀다.

그리고 그녀를 안심시키듯, 다정하게 미소 지었다.

"반드시 기억해낼 테니까, 괜찮아."

그 말에 근거 같은 건 하나도 없었지만.

그녀를 안심시키는 일 정도는 하지 않았을까 하고, 나는 보고 생각했다.

떨림이 멈추고, 그리고서 고개를 든 파트라 씨의 표정은 슬픔에 물들어 있으면서도, 그래도 역시 사랑하는 소녀처럼 애정으로 가득했기 때문이다.

◇

"혹시, 나쁜 짓을 했다고 생각해?"

해가 완전히 기울었을 무렵.

리리엘 씨가 소파에 앉은 내 앞에 홍차를 내려놓으며 고개를 갸웃거렸다.

고개를 들자 평소보다 훨씬 더 상냥하게 웃어주고 있는 그녀의 모습이 보였다.

아니, 평범하게 평소대로 웃고 있을 뿐인데 그저 내가 풀 죽어서 상냥하게 보이는 것인지도 모르지만.

리리엘 씨를 바라보며 답할 말을 찾고 있으려니, 그녀는 담담하게 말을 이었다.

"앙리와 파트라 씨의 일, 자신이 장작을 넣지 않았다면 그런 일이 벌어지지 않았을지도 모르는데, 하고 생각하고 있잖아?"

"…………."

내 고민을 꿰뚫어 본 것만 같았다.

"……그게, 그러, 네요."

끄덕일 수밖에 없다.

실제로 파트라 씨를 멀리서 바라보고 있던 앙리 씨의 등을 민 것은 분명 나 자신. 설령 기물이 얽혀 있다고 해도, 그 사실엔 변함이 없었다.

불행한 결말을 맞이한 지금이 되어, 자신의 행동을 되돌아볼 때마다 생각하게 되고 만다.

내가 관여하지 않았다면, 조금 더 두 사람은 행복한 결말을 맞이할 수 있지 않았을까.

"반대야."

단호하게.

리리엘 씨는 말하면서 내 등을 톡 밀었다.

"네가 두 사람에게 관여했기 때문에 우리는 앙리가 살해당하기 전에 제지하러 갈 수 있었던 거야."

더 자랑스러워해도 돼.

상냥한 말이 찌잉 가슴에 스몄다.

"하, 하지만······."

목소리가 약간 떨렸다. 아무래도 나는 울음이 터지기 직전인 것 같았다.

"결국 제 탓에 두 사람의 만남은 없었던 일이 됐잖아요······ 슬퍼요······."

이제 와 후회한들 아무 의미 없다.

두 사람이 보내온 시간은 돌아오지 않고, 이제 앙리 씨와 파트라 씨는 타인 사이. 설령 내가 두 사람에게 "이 사람은 당신의 연인이에요"라고 소개해본들 내가 이상한 아이라 여겨지며 끝나버릴 것이 틀림없다. 어찌할 방법이 없다.

두 사람이, 행복해지길 바랐는데.

"과연 어떨까."

나와 달리 리리엘 씨는 평온해 보였다. 조금 지친 모습으로 내 옆에 앉으며 그녀는 말했다.

"분명 만남은 없었던 일이 되었지만——."

딱히 전부 다 사라진 건 아니야.

그녀는 내 옆에서 그리 말하며 미소 지어주었다.

◆

"아파아아……."

앙리는 고개를 갸웃거렸다.

이상하게도 어제, 누군가에게 찔린 모양이었다.

보안국원이라는 직업상, 신변의 위험을 느끼는 경우는 적지 않다. 사실, 일을 시작한 후로 지금에 이르기까지 타박상이나 베인 상처, 다 셀 수 없을 만큼 상처를 입어왔다.

그럼에도 복부를 찔린 상처의 원인을 앙리는 전혀 기억하지 못했다. 일하다 찔린 것일까? 하지만 부상을 입을 만한 사건에 임한 기억은 없다. 심지어 어제는 평범하게 근무를 마치고 귀가했을 터다.

"나, 누구한테 당한 거지……?"

일상생활에서 찔렸다고밖에는 생각할 수 없다. 하지만 아무리 머리를 짜내 보아도 짚이는 구석이 없었다.

"여자한테 잘못해서 찔린 거 아닙니까?"

부하가 농담하듯 그런 식으로 말했지만, 최근 들어 개인적으로 여성과 가깝게 지낸 기억은 일절 없다. 화나게 할 만한 일이라면 더더욱 그랬다.

결국 앙리는 그날도 평범하게 일을 하고, 평범하게 돌아갔다. 복부가 아픈 것 이외엔 평소와 같은 하루가 지나갔다.

집으로 돌아가 우편함을 들여다보았다.

평소와 같은 습관.

"……어라?"

텅 빈 우편함을 바라보며 실망하는 자기 자신에게 앙리는 놀랐다.

뭔가를 기다리고 있었던 것만 같았다. 하지만 그것이 무엇인지는 알 수 없었다. 답답한 기분을 느끼며 집으로 들어갔다.

평소와 같은 익숙한 집.

현관 앞에서 실내를 둘러보았다.

아무것도 달라지지 않았건만, 왠지 모르게 평소와 다르다. 그런 느낌이 들었다.

이윽고 앙리의 시선은 창가에서 멈추었다.

해가 지고, 밤의 어둠이 찾아온 직후의 일이었다.

낯선 푸른 장미 꽃다발이 갑자기, 나타났다.

"…………?"

하지만 그것이 대체 무엇인지를 앙리는 몰랐다.

뭔가 중요한 것을 잊은 듯한 위화감을 느끼면서 천천히 창가로 다가갔다. 그리운 향기에 이끌리듯이.

◆

"……어라?"

역시 나는 지쳤나 보다. 파트라는 그렇게 생각했다.

깨닫고 보니 지난 몇 주 동안의 기억이 없었다. 떠올리려 머리를 짜내 보아도 떠오르는 것은 같은 매일의 반복을 지루해하며 살아갈 때의 익숙한 기억.

매일같이 죽고 싶다고 생각했던 때의 파트라의 얼굴.

지금의 그녀는 달랐다. 황금색으로 빛나는 밤의 거리 속, 부티크 앞에 멈춰 서서 초여름의 시원한 옷을 걸친 마네킹을 바라보고 있는 것은 마찬가지로 시원한 옷을 걸친 세련된 한 여성.

기억 속에 있는 자기 자신과 전혀 다른 사람 같은 파트라가 거기에 있었다.

"나, 어째서 이런 차림을 하게 되었더라……?"

빙글 그 자리에서 돌며 생각했다.

기억나지 않는다.

혹시 일에 지친 것일까?

"하지만, 직장 사람들은 모두 좋은 사람들뿐인데……."

이상했다.

기억 속에 있는 직장 사람들은 파트라를 차갑게 대하는 사람들뿐이었을 터. 그러나 오늘 하루 일하는 동안 그녀가 본 것은 상냥하고, 그녀를 진심으로 의지하고 있는 따뜻한 동료들의 모습.

마치 다른 사람 같았다.

주변 사람들도.

자기 자신도.

모든 것이 앞뒤가 맞지 않는다. 위화감투성이인 그녀는 그리고서 비척비척 길을 걷다가 한 광장 벤치에 다다랐다.

여기가 어디인지. 어째서 여기에 왔는지.

떠오르지 않았다.

그러나 중요한 무언가를 위해 온 것 같은, 그런 기분이 들었다.

"……뭐가 어떻게 된 거야?"

혼란스러운 머리를 정리하기 위해 벤치에 앉아보았다. 멍하니 하늘을 바라본다. 무언가 다른 느낌이 들었다. 무언가가 부족하다. 양손이 허전하다. 이윽고 파트라는 가방 안에서 메모장과 펜을 꺼냈다.

이거다 싶었다. 하지만 무엇을 쓰면 좋을지 알 수 없었다.

그저 멍하니 앉아 있는 파트라의 곁에서 시간만이 흘러갔다.

그런 파트라의 모습은 주변에서 보면 무척이나 눈에 띄었는지도 모른다.

"저기."

파트라에게 말을 거는 한 남성이 있었다.

일어서서 뒤를 돌아보았다. 머리카락은 진녹색. 나이는 대략 20대 후반 정도. 생김새만이라면 차분한 느낌이라 30대로도 보였다. 그러나 표정은 딱딱해서, 긴장한 것처럼 보였다.

"……? 무슨?"

고개를 갸웃거리는 파트라는 살짝 경계하고 있었다.

밤에 홀로 있는 여성에게 말을 걸어오는 남자. 안 좋은 예감이 머릿속을 스쳤다. 나쁜 남자인 건 아닐까 생각했다.

"아, 저기…… 그——."

생각한 직후에, 아마도 눈앞의 남성은 수상한 사람이 아닐 거라고 바로 알아차렸다. 명백하게 여성을 대하는 것이 익숙하지 않았다. 길의 황금색 조명 빛을 받는 상태에서도 알아볼 수 있을 만큼 얼굴이 붉다.

"아, 실례합니다…… 저, 오늘, 여기에 와야만 할 것 같은 기분이 들어서……."

그리고 변명처럼 이야기하는 동안에도 눈을 전혀 마주치지 못하고 횡설수설.

그런 남자를 귀엽다고 느끼고 있었다. 조금 짓궂은 말을 하고 싶을 정도로.

"저한테 말을 걸려고 했었다는 건가요?"

키득 웃으며 바라본다. 한순간 남자와 눈이 마주쳤다.

"아, 아니, 그런 건 아니지만……, 왠지 건네야만 할 것 같은 기분이 들어서…… 그, 저기……, 뭐라고 말하면 좋을지 모르겠어…… 곤란하네……."

바로 남자가 시선을 돌렸다. 손을 돌리고 있는 등 뒤를 신경 쓰는 것 같았다. 뭔가를 숨기고 있다. 고개를 갸웃거리면서 파트라는 남자의 등 뒤쪽으로 시선을 보냈다.

"뭘 갖고 있는 건가요?"

고개를 갸웃거린 채, 남자의 얼굴을 바라보는 파트라.

"그게……."

다시 파트라와 눈을 마주치는 이름도 모르는 남자.

이번엔 도망치듯이 시선을 돌리는 일은 없었다.

한 번 숨을 내쉬고서, 남자는 양손을 앞으로 내밀었다.

"꼬, 꽃다발을 좋아하시나요?"

남자의 양손에 들려 있던 것.

푸른 장미 꽃다발이었다.

"⋯⋯⋯⋯⋯⋯."

이름도 모르는 남성에게 갑자기 꽃다발을 받았다. 어리둥절해하는 파트라. 푸른 장미가 두 사람 사이에서 흔들렸다. 좋은 향기가 났다. 그리운 기분이 들었다. 장미 너머에서 남자가 얼굴을 붉히고 있다. 그러나 그 얼굴은 잘 보이지 않았다. 파트라의 시야가 번졌다.

이런 때 답해야만 하는 말을, 파트라는 알고 있던 것만 같았다.

그래서 머릿속에서 떠오른 말을, 그녀는 눈물을 닦으면서 중얼거렸다.

"이상한 사람."

Riviere

and the nation
of the prayer

쥐 죽은 듯 고요한 한낮의 대성당.

커다란 짐을 두 개 내려놓고 그녀는 크룰넬비아상 앞에 무릎을
꿇었다.

"제발 부탁드립니다──."

대성당으로 향할 때, 기도를 걸고 싶은 물건을 가지고 갈 필요
는 없다. 그래도 두 개를 들고서 그녀가 여기까지 온 것은, 자신
을 보고 있는지 어떤지도 알 수 없는 크룰넬비아상에 성의를 '보
이기 위해서였다.

그녀의 옆에는 인형이 둘.

양쪽 모두 생김새는 10대 초반으로 보이는 어린 소녀의 모습을
본뜬 것이었다. 얼굴은 둘이 똑같았다. 마치 쌍둥이 같은 두 인형
에는 각각 이름이 있었다.

머리카락이 하얀 쪽이 시로나.

머리카락이 검은 쪽이 쿠로에.

양쪽 모두 그녀가 붙인 이름이었다.

"제발 부탁드립니다── 제 소원을 들어주세요."

기도하면서도 그녀의 가슴속은 후회로 가득 넘쳐났다.

사실은 기도 같은 것에 의지하고 싶지 않았다. 지금까지의 생
애, 벽에 부딪힐 때마다 자신의 힘으로 뛰어넘어 왔다. 순풍에 돛
을 달았다고까지는 할 수 없지만, 나름대로 충실한 날들을 보내

올 수 있었던 것은 자신이 노력한 결과라 여겼다.

"부탁합니다…… 부탁합니다……."

그래도 떨칠 수 없는 후회 앞에서 그녀는 결국 조각상 앞에 무릎을 꿇는 것을 선택했다. 필사적으로, 몇 번이고.

"부디, 잘못된 길을 가지 않도록——."

기도를 올렸다.

두 개의 인형은, 그런 그녀의 등을 조용히 바라보고 있었다.

그녀의 기도는 크룰넬비아상에 의해 이루어졌다.

의지를 부여받은 두 인형—— 쿠로에와 시로나가 몸을 일으켰다.

몸의 감촉을 확인하듯이 좌우로 고개를 돌리고, 양손을 펴고, 접고, 그리고 두 사람은 얼굴을 마주 보았다.

"큰일이 되었사옵니다." 검은 머리카락의 쿠로에가 시로나를 바라보았다.

"나도 같은 생각을 했사옵니다." 하얀 머리카락을 살랑이며 시로나가 고개를 끄덕였다.

그곳은 오래된 골동품점. 두 사람의 가슴께에는 놀랄 만큼 낮은 가격이 붙어 있었다.

아무리 주변을 둘러보아도, 기도를 바친 그녀의 모습은 어디에도 없었다.

◇

"어라?"

그러고 보니 오늘은 골동품점 휴일이 아니던가?

가게 앞까지 오고서야 나는 깨달았다.

기본적으로 리리엘 씨가 해주를 한 다음 날은 가게 문을 닫고 쉬는 것이 통례. 심지어 어제는 하루에 두 번이나 해주를 했던 것 같으니, 가게가 휴업을 하는 것은 불을 보는 것보다도 뻔하다 말해도 과언이 아니었다.

그러나 매일 같은 시간에 일어나, 그리고 집을 나와 가게로 향하는 습관이 들어버린 내 몸은 그런 임시 휴업을 완전히 잊고서 가게 앞까지 다다르고 말았다. 슬픈 사회인의 말로가 여기에 있다.

어차피 오늘은 쉬는 날인데.

헛걸음에도 정도가 있다.

……그런 생각을 하고 있는데.

"어라라?"

나는 고개를 갸웃거렸다.

가게에 불이 밝혀져 있다. 슬쩍 문에 귀를 대보니, 안에서 바스락거리는 소리가 들렸다. 누군가가 있는 것은 명백. 리리엘 씨인가?

가게가 휴일인지 어떤지는 잘 모르겠지만.

그녀가 일을 하고 있다면, 말을 걸어보는 것도 좋을지 모른다── 오늘도 평범하게 일을 할 셈으로 온 것이니, 그대로 일을 해도 딱히 상관없다.

"안녕하세요."

그런고로 나는 시치미를 뗀 얼굴로 문을 열었다.

딸랑, 하고 종이 울렸다.

"꺄악!"

직후에 작은 비명이 가게 안쪽에서 들렸다. 리리엘 씨의 목소리다——라며 고개를 돌리는 나. 그러나 신기하게도 그녀의 모습은 어디에도 없었다.

"리리엘 씨?"

사람이 보이지 않는 가게에 말을 거는 나. 직전까지 서류 정리를 하던 흔적이 리리엘 씨의 책상 위에 남아 있었다. 역시 일하는 중이었나요.

"정말이지, 리리엘 씨. 오늘도 일이 있는 거면 말해주셨어야죠. 저는 완전히 휴일이라고 생각했잖아요."

문을 닫고 가게 문에 걸린 팻말을 빙글 돌려서 OPEN 표시로 바꾸었다. 짐을 두고 평소처럼 일할 준비를 시작하는 나. 그렇게 말했어도 그저 홍차를 끓일 뿐이지만.

"홍차 끓일게요? 리리엘 씨."

"…………."

대답이 돌아오기까지 아주 잠시 시간이 걸렸다.

"……저기, 맥밀리아. 오늘은 일을 쉴 거니까. 돌아가도 돼."

"에이. 척 봐도 일하던 중이셨잖아요. 거들게요."

"아니, 금방 끝나니까. 괜찮거든."

"……?"

으으음? 하고 고개를 갸웃거리는 나.

"리리엘 씨 오늘은 뭔가 목소리가 이상하네요……?"

평소보다 조금 높다고 할까, 어려진 느낌이 든다고 할까…….
마치 10대 초반의 여자아이를 상대로 이야기하고 있는 듯한 기분
이었다.

돌아보아도 그녀의 모습이 보이지 않는 것도 또한 위화감에 박
차를 가하고 있었다.

무슨 일이 있는 걸까?

"아, 저기…… 조. 좀 몸 상태가 안 좋은 것 같아……. 감기려나."

목소리는 아무래도 책상 너머에서 울리는 것 같았다. 아무래도
숨어 있나 보다. 어째서? 그보다 감기라고요?

"그렇다면 더더욱 쉬어야 하잖아요! 정말이지. 남은 일은 제가
할 테니까, 리리엘 씨는 쉬도록 하세요."

고용주를 받쳐주는 것은 종업원의 책무.

내 안의 신념이 나를 자극해 움직이게 했다. 홍차 같은 걸 끓이
고 있을 때가 아니다. 나는 빠른 걸음으로 그녀의 책상 쪽으로 향
했다.

"아, 자, 잠깐! 지금 이쪽으로 오지 마!"

책상 너머에서 당황하는 그녀.

"자, 자, 그런 말씀 마시고. 그래서, 어떤 건가요? 어느 서류 정
리를 거들면 될까요?"

괜찮으세요? 하고 나는 책상 너머를 들여다보았다.

목소리의 느낌으로 보아 아마도 그녀가 거기에 숨어 있으리라

고 생각했기 때문이다.

"……응?"

그리고 예상대로, 그녀는 숨어 있었다.

책상 아래. 그녀는 서류 다발을 양손으로 쥐고, 얼굴을 가리고 숨어서 몸을 한껏 웅그리고 있었다.

"내가, 오지 말라고, 했을 텐데……."

커다란 한숨 소리와 함께, 서류 다발 너머에서 군청색 눈을 빼꼼히 내보이는 그녀.

"저기, 우선 아무 말도 하지 말고 내 이야기를 들어주겠어……?"

이야기하는 그녀의 모습은 평소와 같으면서도 조금 달랐다.

무엇이 다른 걸까. 복장은 평소와 같은 붉은 드레스. 그러나 세부 디자인이 조금 다른 것 같다. 머리 모양은 평소와 같은 느낌. 전체적으로 평소와 그다지 다르지 않은 부분이 많다.

그러나 동시에, 전체적으로 사이즈가 작아져 있었다.

생김새도 어리다. 그리고 책상 아래에서 "영차" 하고 기어 나와 일어선 그녀의 키는, 내 가슴 높이에도 닿지 않을 듯했다.

대체 어떻게 된 일일까.

나는 경악했다.

"어, 쪼그매……."

내 고용주, 연령 미상의 리리엘 씨가.

대략 10대 초반 정도의 여자아이로 모습이 바뀌어 있었다.

◇

"전부터 알고 있었을 거라고 생각하는데, 나 사실은 조금 특수한 체질이야."

소파 위에서 다리를 달랑거리며 그녀는 불만스럽게 뺨을 부풀리고 있었다.

겉모습만이라면 완전히 토라진 여자아이지만, 내용물은 언제나와 같은 리리엘 씨인 듯했다.

"물건에 걸린 기도를 푸는 힘―― 해주의 힘이 나한테 있잖아? 이 나라에서 현재 그 힘을 쓸 수 있는 건 나뿐인 모양인데, 그게, 편리한 힘은 지나치게 사용하면 나름대로 대가도 있다, 라는 거지……."

머리카락을 휙 넘기는 그녀.

무리하게 어른인 척하는 조숙한 여자아이 같다…….

"요컨대 힘을 지나치게 써서 그런 느낌이 되어버렸다는 건가요?"

언제나 해주를 한 다음 날 가게 문을 닫았던 데는 이유가 있었다는 것이다.

오늘도 내가 오지 않았다면 평범하게 서류 정리를 한 다음 느긋하게 지낼 셈이었는지도 모른다.

"해주라는 건 물건에 걸린 기도를 몸에 받아들이는 행위를 말하는데―― 지나치게 받아들이면 몸이 미처 다 처리하지 못하고 이렇게 되어버려."

지금 보는 대로, 그리 말하듯 작은 양손을 펼치는 리리엘 양.

실수, 리리엘 씨.

"요즘은 해주를 자주 썼고—— 게다가, 어제는 앙리 건도 있어서 하루에 두 번이나 연속해서 해주를 했잖아. 반동이 단숨에 온 모양이야."

덕분에 서류 정리도 제대로 못 하고……라며 리리엘 씨는 한숨을 내쉬었다.

그럼 제가 대신할까요? 하고 내가 묻자, 그녀는 "부탁해"라며 고개를 끄덕였다. 숨기던 것을 들켜버린 이상 거절할 이유도 없으리라.

"몸 상태는 어떤가요?"

"문제없어. 건강 그 자체야. 그저 해주를 할 수 없게 되었을 뿐이니까. 심지어 몸이 너무 어려져서 기운이 남아돌 정도야."

"그런가요."

"하지만 키가 이래진 탓에 주변 사람들이 내려다보게 되거든. 물리적으로."

"그런가요……."

"어서 어른이 되고 싶어……."

지긋지긋하다는 표정으로 먼 곳을 바라보는 리리엘 씨.

역시 무리하게 어른인 척하는 조숙한 여자아이 같다…….

그녀가 쌓아두고 있던 남은 작업은 그리 많지 않았다. 지금의 그녀로는 아마도 손이 닿지 않을 터인 높은 곳에 서류를 돌려놓거나, 가게 안을 어슬렁거리거나. 그녀가 홍차를 다 마셨을 무렵엔 거의 다 끝났을 정도였다.

빨리도 성취감을 느끼는 나. 한편 리리엘 씨는 다른 걱정거리라도 있는지, 상쾌한 표정을 짓는 나와 달리 가라앉아 있었다.

"이런 모습을 일레이나한테 들켰다간 무슨 말을 들을지 몰라——."

아, 확실히. 놀릴 것 같네요 하고 답하다가 문득 나는 떠올렸다.

그러고 보니 가게 문, OPEN 표시로 바꿔둔 채였다. 오늘은 휴업인데.

"누가 저를 부르셨나요?"

딸랑하는 소리와 함께 문 너머에서 일레이나 씨가 나타난 것은 바로 그때였다.

이름을 부르면 나타나는 기물이라도 갖고 있는 것일까 싶어질 만큼 완벽한 타이밍에 그녀는 손님을 데리고서 나타났고, 그리고 우리를 바라보며 한마디.

"어, 쪼그매⋯⋯."

라기보다는 리리엘 씨를 바라보며 한마디.

"⋯⋯⋯⋯⋯."

소파 맞은편에서 리리엘 씨가 감정 없는 얼굴을 하고 있었다. 어쩐지 이제 어찌 되든 상관없다고 얼굴에 쓰여 있는 것만 같았다. 10대 초반이 지을 표정이 아냐⋯⋯.

나는 방금 리리엘 씨에게 들은 이야기를 이러이러 저러저러하고 일레이나 씨에게도 전했다.

흠흠, 과연 하고 그녀는 고개를 끄덕이더니.

"뭐 그런 건 제쳐두고."

아마도 중대 비밀일 리리엘 씨의 체질에 관한 문제를 툭 옆으로 밀어두고, "오늘은 영업 중인가요? 아니면 휴업 중인가요? 어느 쪽인가요?"라며 고개를 갸웃거렸다.

평온하고 차분한 모습이면서도, 그 말에서는 왠지 모르게 서두르고 있는 듯한 기척이 느껴졌다.

"무슨 일 있어?" 리리엘 씨가 입을 열었다.

"긴급으로 좀 대응해줬으면 하는 의뢰가 있는 것 같아서요."

이야기만이라도 들어줄 수 없을까요? 하고 일레이나 씨는 문 앞에서 한 걸음 오른쪽으로 비켜섰다. 동시에 손님에게 안으로 들어오라고 재촉했다.

나와 리리엘 씨는 얼굴을 마주 보았다.

"안녕하시옵니까." "옵니까."

그리고서 불쑥 나타난 것은 바로 지금의 리리엘 씨와 비슷할 만큼 어린 모습을 한, 두 명의 소녀였다.

쿠로에와 시로나라고 이름을 밝힌 그녀들은 마치 인형처럼 아름다운 얼굴을 하고 있었다.

"저희는 인형이옵니다." "옵니다."

아니, 인형이었다.

"…………."

무슨 뜻?

고개를 갸우뚱하는 나와 리리엘 씨.

사태를 받아들이지 못하고 있는 우리에게 일레이나 씨는 물었다.

"이 가게는, 기물에게도 의뢰를 받나요?"

받는지 어떤지는 제쳐두고.

리리엘 씨도 이야기를 들은 마음은 있는가 보다.

내 맞은편에 앉아 있던 그녀는 조용히 일어나 내 옆자리로 옮겨오더니, 쿠로에와 시로나라는 두 개── 아니 두 사람? 의 인형에게, 맞은편 자리에 앉으라고 권했으니까.

◆

고통스럽고, 괴롭다. 구해주었으면 좋겠다.

잠에서 깨어날 때마다 소피는 현실에서 도망칠 수 없다는 사실을 통감했다. 아무래도 일하던 도중에 잠들어 버렸나 보다.

눈앞에는 만들던 도중의 기계인형이 허공을 바라본 채 서 있었다.

이것 하나만 완성하고 나면 모든 준비는 끝난다.

눈을 비비며 시계를 본다. 시각은 이른 아침. 괜찮다. 분명 제때를 맞출 수 있다. 자신에게 그리 들려주며, 몸의 비명을 못 들은 척하며, 그리고 그 자리에 주저앉은 채 기계인형에 손을 뻗었다.

일을 해야만 한다.

도망치지 말고 싸워야만 한다. 지금까지도 그렇게 많은 고난을 뛰어넘어 왔으니까. 이번에도 분명 괜찮으리라.

몇 번이고 자기 자신을 향해서 중얼거렸다. 동료가 그녀의 공방을 방문한 것은 바로 그때였다.

"아, 소피. 일어났어? 상태는 좀 어때?"

질 좋은 슈트로 몸을 감싼 남자였다. 나이는 30대 초반쯤. 소피와 열 살 정도 차이가 난다.

익숙한 얼굴에 미소 지으며 그녀는 마주 인사를 했다.

"아, 라울 씨……. 마음 써주셔서 감사합니다. 괜찮습니다."

"네가 아니라 저쪽 이야기야."

라울은 소피의 눈앞에 서 있는 기계인형을 가리키고 있었다.

"오늘 발표회까지 완성할 수 있겠지?"

"……그러, 네요. 괜찮을 거라고 생각합니다."

"라고 생각합니다라는 곤란한걸."

라울은 천천히 소피에게 다가갔다.

"알겠어? 이번 발표회는 우리에게 있어 가장 큰 의미를 가지고 있어. 지금까지의 고생을 보상받을 기회라 해도 좋아."

소피의 옆에 앉은 라울은 그녀의 어깨에 손을 올렸다.

혐오감이 슬금슬금 소피의 온몸으로 퍼졌다. 그런데도 아무런 대꾸도 못 하고 고개를 숙이고 마는 스스로가 싫었다.

"상상해봐. 네 기계인형이 기도의 크룰넬비아 사람들에게 커다란 희망이 되는 거야. 가슴 설레지 않아?"

소피에게 있어 라울은 은인이었다.

거스른다는 건 절대 불가능했다. 기계인형 설계사로서 주목을 받게 된 것은 애초에 라울 아래에 들어간 후부터였다.

지금의 자신이 있는 것은 라울이 있기 때문이라 말해도 과언이 아니다.

"네 기계인형을 쓰면 앞으로는 그 어떤 기물도 필요 없어. 위험한 힘을 가진 수인과 범죄자들에게 겁먹을 필요도 없지. 오늘은 그걸 나와 함께 증명하는 거야."

말하면서 라울은 벽을 바라보았다 벽걸이 시계의 바늘이 천천히 나아가는 아래에는 한 장의 포스터가 붙어 있었다.

'인형 박람회'.

25년 전부터 5년에 한 번 주기로 개최되는 박람회. 인형사들이 자신작을 선보이는 자리이며, 동시에 기업에 팔아먹을 기회이기도 하다.

"네 기계인형은 그야말로 역사를 바꿀 일품이야. 어차피 우리 이외의 참가자는 장난으로 인형을 만드는 그런 녀석들뿐. 각광을 받는 것도 찬사도 전부 우리 거야."

"…………."

"최고의 기계인형을 만든다. 그게 네 소원이었지?"

드디어 그 비원이 이뤄지겠군――이라며 라울은 웃었다.

병기로서의 기계인형.

그것이 지금 소피가 손에 들고 있는 것이었다.

사실은 병기 따위 만들고 싶지 않은데.

사실은 그저 생활을 돕는 기계인형을 만들고 싶을 뿐이었는데.

"……노력하겠습니다."

소피는 라울에게 애매하게 웃어 보이며 고개를 끄덕였다.

고통스럽고, 괴롭다.

구해주었으면 좋겠다.

그 바람이 분명 닿을 리 없다는 걸 알면서도, 그녀는 마음속으로 계속 기도했다.

◇

"인형 박람회는 오늘 도시 남부에서 열리는 제전이옵니다."

검은 머리카락 쪽의 아이—— 쿠로에가 전단을 펼치며 설명했다.

"저희는 오늘 그 제전에 참가하는 한 여성을 구해야만 하옵니다."

탁, 하얀 머리카락 쪽의 아이—— 시로나가 종이를 두 장 내려놓았다.

한 장은 박람회 전단.

그리고 또 한 장은 잡지를 잘라낸 것이었다. 금발의 지친 모습을 한 여성이 인터뷰에 답하고 있었다. 이름은 소피. 기계인형 제작의 일인자—— 그녀의 공적이 적힌 기사.

내 옆의 작은 여자아이, 리리엘 씨가 흠흠 하고 흥미 깊어 하며 내용을 읽고 있었다.

"기계인형……? 이라니 뭐야? 맥밀리아."

우와, 대단해. 어려운 기사를 용케 읽었구나! 하고 순간 머리를 쓰다듬을 뻔하다가 그러고 보니 이 아이는 리리엘 씨였지 하고 깨달았다. 위험해 위험해.

"대략적으로 말하자면 간단한 작업을 돕거나 하는 목적으로 만들어진 인형이에요. 기도의 힘을 쓰지 않아도 생활이 편리해진다! 라는 선전 문구로 한때 화제가 됐었죠."

"기도의 힘을 쓰지 않고……라. 좋잖아."

조금 기뻐하는 리리엘 씨.

그러나 그 맞은편에 앉은, 겉모습은 동년배인 여자아이 둘은 그런 그녀에게 고개를 저어 보였다.

"그렇지도 않사옵니다." "옵니다."

무슨 뜻? 하고 내가 두 사람에게 묻자, 이어서 쿠로에는.

"저희에게는 소피가 잘못된 길로 갔을 때 바로잡기 위한 기도가 바쳐져 있사옵니다." "옵니다."

바쳐진 기도는 시간 차로 효과를 발휘하는 것이었다고 한다.

두 사람이 눈을 뜬 것은 며칠 전의 일.

의식을 부여받았다는 것은 소피 씨가 잘못된 길에 들어서서 도움을 요청하고 있다는 뜻.

본래 소피 씨의 옆에 있을 터였던 두 사람이 눈을 뜬 것은 마을의 중고 매장. 몸을 움직일 수 있게 된 직후부터 둘은 상황을 파악하기 위해 동분서주했다.

따로 떨어지게 된 소피 씨의 행방은 간단히 찾을 수 있었다. 도시 남쪽에서 열리는 인형 박람회 리스트에 그녀의 이름이 실려 있었으니까.

설치 중인 회장에 불쑥 들른 쿠로에와 시로나. 소피 씨의 모습은 없었지만, 그녀와 함께 일하는 동료가 회장 안에서 어슬렁거리는 것을 발견했다.

남자의 이름은 라울.

두 사람이 평범한 인형이었을 때, 소피 씨와 함께 있는 모습을 본 적이 있었다.

회장 안에서 동료와 회의 중이었는데, 남자는 마치 자신의 일인 양 자랑스레 "소피가 신형 기계인형을 제작한다. 시대를 바꿀 물건이 될 거다" 같은 말을 하고 있었다.

아무래도 소피 씨는 기계인형 제작자로서 순풍에 돛을 단 날들을 보내고 있는 것 같았다.

쿠로에와 시로나는 얼굴을 마주 보았다. 하루하루가 순조롭다면, 도움을 청할 이유가 없지 않을까?

어째서 두 사람은 의식을 받은 것일까?

고개를 갸우뚱거리는 두 사람.

"어떤 기계인형인데?"

동료가 라울에게 물었다.

답은 단순했다.

"병기야."

기물도 뭣도 필요 없을 만큼 강력한 병기로 활용할 수 있는 기계인형을 만들고 있어.

그리 대답한 라울의 얼굴은 희망으로 가득해 보였다.

다시 얼굴을 마주 보는 두 사람.

의식을 받은 이유는 명백했다.

"그리고 오늘 아침, 어찌할 바를 모른 채 마을 안을 헤매던 두 사람을 발견하고, 제가 여기까지 데려온 겁니다."

옆에서 끼어든 일레이나 씨.

"라울이라는 남자에게서 소피 씨를 떼어내고 싶은가 봐요."

"소피 씨가 도움을 청하는 원인은 라울 아래서 병기를 만들어야 하는 것이옵니다."

"그러니까 병기를 파괴하고, 소피 씨를 떼어놓을 필요가 있사옵니다."

"하지만 기계인형을 파괴하려면 나름대로 무기도 필요, 라는 이유로 무기를 조달할 수 있게 해줬으면 한다네요."

부탁드릴 수 있을까요? 라는 일레이나 씨.

"곤란한걸⋯⋯."

리리엘 씨는 미간을 좁혔다.

"확실히 무기는 나름대로 있지만⋯⋯."

팔짱을 끼고 신음하는 그녀.

운이 좋은 건지 나쁜 건지, 최근 고급 호텔을 습격한 검정 일색의 남자들에게서 압수한 기물들이 창고에 잠들어 있다. 그걸 쓰면 기계인형과 싸우는 것 정도는 가능할 테지만.

"나는 지금 보는 그대로라, 제대로 무기도 휘두르지 못할 거야."

한숨을 내쉬는 리리엘 씨의 옆에서 나는 창고에 보관해둔 무기들을 머릿속에 떠올려 보았다.

강철도 부수는 망치. 어떤 물건이든 막아내는 방패. 반드시 맞는 부메랑. 그리고 화살이 떨어지지 않는 활. 그 외 기타 등등. 부호를 덮치기 위해 용의주도하게 준비해준 덕분에 공격 수단에는 부족함이 없었다.

그렇다고는 해도 기물을 다루는 인간이 없으면 창고에서 잠들어 있는 것 이외의 역할은 없었고, 그래서 압수한 후 지금에 이르기까지 창고에서 계속 잠들어 있었는데.

"괜찮사옵니다. 저희는 기도 덕분에 나름대로 신체 능력도 높사옵니다." "엄청 강하옵니다."

예에, 하고 양손으로 브이를 해 보이면서 두 사람은 말했다.

"기계인형을 부수는 역할은 저희가 할 테니, 골동품점 분은 무기만 빌려주시면 되옵니다." "옵니다."

물론 무기가 나설 일이 없는 것이 제일이지만.

가령 전투가 벌어졌을 때, 이쪽이 맨 몸이어서는 승산이 없다. 대항 수단을 가지고 있어서 손해 볼 것은 없었다.

그렇다고는 해도 역시 무기를 빌려주는 데는 저항을 느끼는지, 리리엘 씨는 여전히 어린 소녀의 모습에는 어울리지 않게 "으음……" 하고 신음할 뿐이었다.

"아무래도 역시 무기를 빌려주는 건 주저되네……. 위험한 물건이니까."

가능성은 낮지만, 예를 들어 쿠로에와 시로나가 나쁜 아이이고 우리를 속여서 무기를 훔치려 하고 있을 가능성도 제로는 아니고, 설령 의뢰 내용이 사실이라고 해도 무기를 어딘가에서 잃어버리기라도 하면 차마 눈 뜨고 볼 수 없을 것이다.

내게 채찍을 건넬 때도 그랬지만, 리리엘 씨가 기물을 다루는 일에 관여하는 이상, 나름대로 신중해지지 않을 수 없는 것인지도 모른다.

"하지만 그래도 빌려주지 않는 건 불쌍하지 않나요?"

나는 고개를 갸우뚱했다.

"그렇사옵니다. 저희, 이대로는 맨몸으로 전장에 가게 되옵니다.""죽고 말 것이옵니다."

살려줘, 하고 국어책 읽기 느낌의 말을 뱉는 두 사람.

나로서도 도와주고 싶은 마음은 굴뚝같지만, 어디까지나 기물의 소유권은 리리엘 씨에게 있다.

그녀의 말을 기다릴 수밖에 없다.

그렇다고 해서 리리엘 씨도 결코 두 사람에게 손을 내밀고 싶지 않은 것은 아니리라.

이윽고 그녀도 고개를 한 번 끄덕이면서 "일단, 방법이 없는 건 아니야"라고 입을 열었다.

"무기를 빌려주고, 우리도 감시를 위해 동행하면 문제는 없을 거라고 봐."

오호라.

"동행, 인가요."

"그래. 동행."

"하아아, 과연⋯⋯."

그렇다는 건, 바꿔 말하자면 우리도 쌍둥이와 함께 회장까지 간다는 뜻이기도 하다.

물론 나는 딱히 상관없지만── 옆에 앉은 리리엘 씨에게 시선을 보냈다.

어디를 어떻게 보아도 대략 10대 초반 정도.

"이 모습을 하고 밖을 돌아다니게 될 줄이야……."

아주아주 큰 한숨을 내쉬는 그녀.

그 표정은 역시 무리하게 어른인 척하는 여자아이로만 보였다.

◆

어릴 때부터 소피 옆에는 인형이 있었다.

"소피, 미안하구나. 엄마는 지금 일하는 중이니까. 저쪽에서 놀렴."

어린 시절 엄마와 함께 논 기억은 거의 없다. 언제나 인형으로 놀 뿐. 고독은 늘 소피와 함께했다.

회사 경영자인 엄마는 집에서도 언제나 일만 했다.

엄마는 바쁘다. 나를 위해 애써주고 있다. 인형만 있으면 딱히 외롭지 않다고 스스로를 속이면서 지내는 날들. 기계 장치 인형에 흥미를 느끼게 된 것은, 그런 날들이 그녀에게 스며들어 있었기 때문인지도 모른다.

일만 하는 엄마가 돌아봐 주기를 바라는 마음 하나로 기계 장치 인형을 혼자서 만들어 보았다. 엄마는 칭찬해주었지만 금세 일로 돌아가 버렸다.

소피가 성장할수록 가정 내에서의 대화는 줄어갔다.

어머니가 돌아봐 주지 않는 대신에 소피는 한층 더 기계 장치 인형 제작에 빠져들었다.

어머니가 관심도 두지 않았던 그녀의 재능을 라울이 주목한 것은 10년 전. 아직 그녀가 열두 살이었을 때의 일이었다.

"대단해! 이건 네가 만든 거니?"

라울은 그녀가 만든 작은 인형 하나를 손에 들고서 감동했다.

칭찬받은 적은 없었다. 남에게 인정받은 것도 처음이었다.

"혹시, 괜찮다면…… 다른 것도 보실래요……?"

그 무렵부터 소피와 라울은 조금 나이 차이가 나는 친구 사이가 되었다. 이야기를 잘하는 라울은 그녀의 고독을 잊게 해주었다.

큰 꿈을 가슴에 품은 그는 인간, 수인, 엘프 같은 다양한 종족이 섞여 사는 기도의 크룰넬비아의 모습에 의문을 품고 있었다. "이 나라에서 인간만이 수명도 짧고, 그리고 연약한 생물이야"라고 무슨 일이 있을 때마다 말했다.

"나는 이 나라에서 인간이 자유롭게 살 수 있게 하고 싶어."

신체 능력도, 수명도, 인간은 다른 종족보다 뒤떨어진다. 다른 종족과 같은 생활을 보내기 위해서는 많은 지원이 필요하다고 한다.

"네 기계인형은, 분명 우리 인간에게 도움이 될 거야. 그런 느낌이 들어."

라울은 똑바로 소피를 바라보았다.

처음으로 생긴 친구. 라울이 재료를 조달하고, 그리고 소피가 조립한다. 그렇게 해서 인간의 삶을 더욱 좋게 만드는 기계인형이 완성될 터. 꿈꾸는 두 사람은 어느샌가 손을 맞잡고 있었다.

"바보 같은 짓은 그만둬! 너는 우리 가업을 이으면 돼!"

여전히 어머니와의 대화는 없었다. 어머니가 소피에게 가업을 잇기를 바라고 있다는 사실을 안 것도, 지금으로부터 4년 전.

학교를 졸업한 그녀가 집을 나가기 직전이었다.

"나는 너를 그런 아이로 키운 적 없어."

다시 생각해주렴── 떠나는 소피의 등에 던져진 말에 소피는 돌아보았다. 오랜만에 보는 어머니의 얼굴은 예전에 비해 무척이나 수척해 보였다.

이렇게나 작은 사람이었던가.

한숨을 내쉬면서 소피는 시선을 돌렸다.

"이제 와서 엄마인 척하지 마. 줄곧 일만 하고 나는 거들떠보지도 않았던 주제에."

어머니가 돌아가신 건 그로부터 2년 후의 일이었다.

어머니가 소중하게 지켜왔던 회사는 그 후 라울이 소유한 회사에 흡수되었다. 병으로 급사한 어머니의 곁에는 유서도 무엇도 남아 있지 않았다고 라울에게 전해 들었다.

"…………."

지금도 마지막으로 보았던 어머니의 얼굴을 떠올릴 때마다 가슴이 아팠다.

날 선 말에 마찬가지로 날 선 말로 답했을 뿐이었다. 큰 상처를 주고 싶었던 것은 아니었는데.

──네 기계인형은, 분명 우리 인간에게 도움이 될 거야.

라울이 말한 꿈에 그녀가 찬동한 것은, 그 말에 어린 시절의 자신을 떠올렸기 때문이다.

그런데, 라울 곁에 머문 그녀에게 맡겨진 것은 무기를 실은 기계인형들. 라울에게 재능을 이용당했다는 사실을 깨달았을 때, 소피는 어머니 곁을 떠난 것을 후회했다.

사과하고 싶다.

그러나 돌아갈 곳은 이제 없다.

어머니가 남긴 것은 전부 라울의 손에 의해 매각되었다.

"……이걸로 정말 괜찮은 걸까."

박람회의 회장에 전시된 기계인형을 바라보는 소피.

등에는 자동으로 감기는 태엽이 달려 있다. 개발 단계에서 라울이 어디선가 조달해 온 기물이다. 덕분에 반영구적으로 구동시키는 것이 가능해졌다. 설계의 자유도도, 그 덕분에 넓어졌다. 눈앞에 있는 것은 제 자식처럼 사랑하고, 키우고, 만들어낸 최고의 일품이었다.

그러나 그 양손에는 무기가 감춰져 있다.

사실은, 이런 아이로 키우고 싶었던 게 아닌데──.

"어떻습니까? 이게 우리 회사의 신제품입니다."

뒤쪽에서 목소리가 들렸다.

평소보다 한층 더 부드러운 라울의 목소리였다. 돌아보니, 꾸며낸 듯한 부드러운 표정을 지으면서 여성들에게 웃어 보이고 있었다.

누굴까? 고개를 갸웃거리는 소피를 눈치챈 라울은 미소를 지은 채 소피 곁으로 다가왔다.

"소피, 소개할게. 이쪽은 우리 회사의 투자자야."

투자자.

회사에 돈을 대준 사람. 기계인형에 무기를 싣는다는 라울의 의견에 찬동한 사람 중 하나.

소피는 부모의 원수라도 본 심정으로 여성을 바라보았다.

"안녕하세요."

미소 짓는 그 여성은 상복 같은 검은 옷을 입은 수상한 여자였다. 이름은 카렌듈라라고 했다.

◇

인형 박람회.

도시 남쪽에서 열리는 기술의 제전. 5년에 한 번이라는 제한된 기간 탓인지, 회장을 찾아간 우리는 인파에 파묻히는 지경이 되었다.

이런 큰일이야! 이런 혼잡한 곳에 있다간 서로 떨어질지도! 친절한 마음으로 나는 "손이라도 잡을까?" 하고 제안하거나, 리리엘 씨에게 "뭐? 날려버린다" 하고 혼나거나 하면서 입구를 지나갔다. 리리엘 씨가 아니라 쌍둥이에게 물은 건데…….

"인형투성이이옵니다." "정신없사옵니다."

멍한 모습으로 나와 손을 잡은 쿠로에와 시로나가 회장을 둘러보았다.

온통 인간의 형태를 한 것들로 넘쳐났다.

그것은 예를 들면 어린아이가 안아 들 만큼 작은 인형이거나,

조금 생생한 생김새와 키를 가진 인형이거나. 혹은 그저 갑옷이거나. 덕분에 자루에 넣은 무기를 갖고 돌아다녀도 그다지 눈에 띄지는 않았지만.

"이렇게나 인형이 많으니 조금 묘한 느낌이 드는걸."

나는 한숨을 내쉬었다. 여기저기에서 시선이 느껴져서 왠지 지쳤다.

"두 사람처럼 의식을 가진 인형이라는 건 그리 많지 않을 거라고 생각하는데."

"그렇사옵니다. 저희는 같은 인형이라도 조금 갖고 있는 사정이 다르옵니다." "평범한 인형과는 사연이 다르옵니다."

의미 없이 자랑스러워하는 쿠로에와 시로나.

그러나 기도 덕분에 의식을 가진 두 사람이 다른 인형과 전혀 다른 것은 사실.

회장에 놓여 있는 인형 중에는 간단한 동작을 반복하는 인형──기계인형 등도 진열되어 있었지만, 자신의 의사로 자유자재로 몸을 움직이는 두 사람과는 근본적인 부분에서 달랐다.

예를 들어 무리 지어 있는 사람들 사이로 우리가 훌쩍 다가가 보면.

"보십시오! 제 기계인형은 무려 연주를 할 수 있습니다!"

양손을 펼치고 자신만만한 표정을 짓고 있는 남성의 뒤에서 조용히 피아노와 마주하고 있는 기계인형. 양손을 부자연스럽게 움직이며 연주하고 있다. 그러나 주변을 둘러싼 손님들의 박수 소리에 지워져 무슨 곡인지는 들리지 않았다.

그리고 훌쩍 다른 곳에 가보면 또다시 사람 무리.

"어떠냐! 이게 최신식 기계인형! 차를 따라준다고."

박수갈채를 받고 있는 중심에는 태엽 구동 기계인형이 하나. 삐걱삐걱 소리를 내면서, 손에 든 주전자에서 홍차를 따르고 있다.

일반적인 감각으로는 그러한 단순 동작을 반복하는 것만으로도 상찬의 대상이 된다.

"어머나 대단해⋯⋯!"

천천히 따라진 홍차를 앞에 두고 회장에 온 손님인 여자아이가 감동하고 있었다.

"역시 앞으로의 시대는 홍차야. 한 가정에 한 대씩 이 기계인형을 설치하는 걸 의무로 삼아야 한다고 나는 생각해."

여자아이는 홍차를 한 모금 마시고서 "특히 이 풍미가 훌륭해서――" 같은 해석을 늘어놓기 시작했다. 자세히 보니 여자아이는 붉은 머리카락에 붉은 옷을 입고서, 누구보다 홍차를 좋아한다는 분위기를 온몸에서 풍기고 있었다.

"뭘 하고 계시는 건가요? 리리엘 씨."

아니, 리리엘 씨였다.

"⋯⋯!"

퍼뜩 놀라며 자리에서 일어나는 그녀.

"⋯⋯아, 아냐. 딱히 이곳의 분위기에 휩쓸렸던 게 아니거든."

"아니 아직 저는 아무 말도 안 했는데요."

축제이기도 하고, 즐거운 기분이 되는 건 어쩔 수 없죠, 하고 달래듯이 말하는 나.

"크읏…… 굴욕이야……!"

분한 듯 얼굴을 찌푸리는 리리엘 씨. 그러고 보니 10대 초반의 외모로 돌아온 결과, 기운이 좀 남아돈다고 했었지요.

축제의 시끌벅적함은 어린아이에게 있어 꿈과 같은 이벤트 중 하나니까요. 푹 빠지는 것도 어쩔 수 없을 테지요. 흐뭇하기 그지없네요!

"그 얼굴 하지 마."

뾰로통하게 뺨을 부풀리고 있는 리리엘 씨.

"제가 어떤 얼굴을 하고 있는데요?"

"어린아이를 지켜보는 보호자 같은 얼굴을 하고 있어."

실례야 하고 삐지는 리리엘 양. 아, 아니. 리리엘 씨.

하지만 아무리 즐겁다고 해도 우리는 일을 하러 온 것이니.

"되도록 떨어지지 않도록 해주세요."

"어린애 취급하지 마."

찰싹, 까치발을 하고서 내 어깨 부근을 때리는 리리엘 씨.

그리고서 비척비척 걷는 우리.

말하길, 소피 씨의 기계인형이 설치되는 것은 회장 가장 안쪽이라고 한다. 인파를 헤치며 걸어갈 수밖에 없다.

물론 안쪽으로 향하는 도중에도 여전히 다양한 인형과 기계인형이 놓여 있었고, 편리한 기계인형 외에도, 예를 들면 소지하고 있는 것만으로도 밤이면 밤마다 "네 영혼을 내놔……"라고 속삭이는 기물 인형이나, "죽여버린다!"라며 식칼을 들고 벼르는 기물 인형도 유리 케이스 안에 전시되어 있었다.

"편리한 기계인형만 있는 게 아니네."

우와아 하고 감탄하며 중얼거리는 나. 그 옆에서 리리엘 씨가 고개를 끄덕였다.

"인형 박람회인걸. 다양한 종류가 있는 건 당연한 일이지."

이야기하면서 우리는 걸었다.

그중에는 빵 장인이 되는 기도가 걸린 인형도 전시되어 있었다. 어째서 빵 장인? 하고 의문을 가져서는 안 된다. 다양한 종류가 있는 게 당연한 거니까!

"제 인형이 만든 빵, 맛은 어떠신가요?"

눈에 보이지도 않을 만큼 빠르게 빵을 반죽하는 인형 옆에서 손님에게 응대하는 남자.

손님은 먼저 양손으로 빵을 소중하게 들어 올리더니 빵의 형태와 촉감을 확인한 다음, 심호흡을 한 번. 바로 먹지 않고 향을 확인하는 것 같았다.

고상하고 차분한 태도는 마치 눈앞의 빵에 예의를 갖추는 것처럼도 보였다.

"와아 맛있어."

그리고 그렇게 말하자마자 평범하게 우물우물 먹기 시작했다.

"제법 괜찮은데요. 역시 앞으로는 자동으로 빵을 반죽하는 시대. 빵을 만드는 인형이라면 한 가정에 한 대씩 있었으면 좋겠네요."

자세히 보니 잿빛 머리카락에 유리색 눈동자를 가진 소녀였다고 할까, 일레이나 씨였다.

"뭘 하고 계시는 건가요?"

그리고 보니 아까부터 모습이 안 보인다 했더니 이런 데서 빵을 먹고 있었던 겁니까.

"어라, 리리엘 씨랑 모두. 안녕."

팔랑팔랑 손을 흔드는 일레이나 씨.

"하나 어때?"

"잠깐, 하나 어때? 가 아니잖아."

긴장감이 전혀 없는 일레이나 씨에게 뺨을 부풀려 보이는 리리엘 씨.

"정말이지. 우리는 일을 하러 온 거거든? 노는 건 일이 끝난 다음에 해."

"이런, 그러네요. 실례했습니다."

일레이나 씨는 귀여운 여자아이를 바라보는 듯한 부드러운 시선을 리리엘 씨에게 보내고 있었다.

"그런데 리리엘 씨."

"뭔데?"

"어째서 제 옆에서 빵을 먹고 계신가요?"

질문하는 일레이나 씨.

잊어서는 안 되는 것은 오늘 리리엘 씨는 조금 기운이 남아돌고 있고, 언동은 평소의 리리엘 씨지만 가슴속에서 넘쳐나는 호기심에서는 벗어나지 못하고 있다는 것.

그 결과 지금의 대화 중에 리리엘 씨는 일레이나 씨를 꾸중하면서 당연하다는 듯이 일레이나 씨 옆에 앉았고, 그리고 당연하다는 듯이 빵을 먹고 있었다. 심지어 뺨이 부풀어 올라 있던 것도 빵을 먹고 있었기 때문이다. 이것은 흡사 서술 트릭.

"크읏, 굴욕이야……!"

눈물을 글썽이며 리리엘 씨가 돌아왔다.

가여워…….

"일단 손이라도 잡고 갈까요?"

다시 묻는 내 어깨 부근을 때리는 리리엘 씨.

역시 그 모습은 어른인 척하는 여자아이 같았다.

◆

"여기 카렌듈라 님은 우리 회사의 사상에 찬동해 기물 지원을 해주시는 분이야."

그 태엽도 그녀의 가게에서 산 거라고——하고 라울은 이제 막 완성된 기계인형의 등을 가리켰다. 마침 동력이 다한 참인지, 커다란 태엽 열쇠가 끼익끼익 소리를 내면서 혼자 돌기 시작했다.

카렌듈라는 머리를 흔들면서 그런 모습을 바라보고 있었다. 이윽고 열쇠가 멈추고, 다시 태엽이 움직이기 시작했을 때, 그녀는 고개를 갸웃거리며 소피를 바라보았다.

기계인형이 전혀 움직이지 않기 때문이리라.

"이건 대체 어떻게 된 건가요?"

손가락으로 가리키면서 카렌듈라는 "고장인가요?" 하고 조금 과장되게 슬퍼하는 표정을 만들며 미간을 찌푸렸다.

소피는 고개를 저었다.

"······제 기계인형은 일상생활의 지원을 목적으로 만들어진 겁니다. 리모컨으로 단순한 지시를 내려서 기계인형을 작동시킬 수 있는 구조로 되어 있죠."

사람 앞에서 설명하는 것은 특기가 아니다.

기계인형과 하나의 선으로 이어진 리모컨을 들어 올려, 실제로 움직여 보였다.

청소, 세탁, 요리. 단순한 동작이라면 지시를 보내는 것만으로 가동한다. 보낸 지시에 따라 움직이는 기계인형을 보며 소피는 감동했다. 제 아이가 처음으로 걸은 것처럼.

"사전에 협의한 것과는 다르네요. 라울 씨."

그러나 그런 그녀의 옆에서 카렌듈라는 지루하다는 듯 고개를 젓고 있었다.

"무기는 어떻게 된 건가요? 자립 기동시킬 예정이 아니었나요? 이런 가사도우미를 위한 장난감을 만들라고 큰돈을 당신에게 준 게 아닐 텐데요?"

카렌듈라는 라울을 바라보았다. 이미 흥미를 거의 잃은 듯한 지루해하는 시선. 실망한 것처럼도 보였다.

"죄, 죄송합니다!"

소피의 손에서 리모컨을 빼앗아 든 라울은 허둥지둥하며 조작했다.

"물론 바라신 대로 각종 무기도 갖추었습니다. 양손에도, 가슴 안에도! 어떻습니까?"

라울의 뒤에서 기계인형이 숨겨져 있던 무기들을 피로하며 자세를 잡았다. 카렌듈라의 얼굴에 미소가 돌아온 순간이기도 했다.

"이게 보고 싶었어요. 훌륭한 성과예요."

짝짝짝 가볍게 박수를 보내는 카렌듈라.

"그럼 약속대로, 이 기계인형을 완성으로 이끌어 드리죠."

완성으로 이끌어?

그 말에 소피는 위화감을 느꼈다.

옆에 있는 기계인형은 오늘 아침에 완성된 참이다. 이 이상 손을 더할 곳은 어디도 없을 터다.

그러나 말의 의미를 이해하지 못하고 있는 것은, 그 자리에서는 소피 단 한 사람뿐인 듯했다. 라울은 "고맙습니다!"라며 카렌듈라와 굳은 악수를 나누고 있었다.

소피가 모르는 곳에서, 모르는 이야기가 진행되어갔다.

"이 종이를 받으세요."

미소를 지은 채, 카렌듈라는 라울에게 종이를 두 장 건넸다. 그것이 무엇인지를 이해하지 못한 것도 역시 소피뿐. 라울은 종이 한 장을 당연하다는 듯이 자신의 가슴께에 붙이더니, 남은 다른 한 장을 소피의 기계인형에 붙였다.

"뭘……."

대체 뭘 하는 거야?

물으려 한 순간, 소피의 손에 있던 리모컨과 기계인형을 잇고 있던 선이 끊어졌다. 기계인형의 손에 의해.

마치 의사를 가지기라도 한 것처럼.

"……어?"

연결이 끊어진 리모컨을 멍하니 바라보았다.

말도 안 돼.

기계인형이 의식을 가지다니, 말도 안 돼. 기물이라도 쓰지 않는 한——.

"오오……! 엄청난 힘이야……! 역시 카렌듈라 님. 그야말로 요청했던 대로의 기물입니다!"

라울이 박수를 보내는 곳에서 기계인형이 자랑스레 무기를 들고 있었다.

마치 살아 있는 인간 같은 움직임.

"저 종이를 인간과 인형에게 각각 붙이면 주인의 의사에 따른 움직임을 실현해주게 된답니다."

신난 어린아이라도 바라보듯 부드러운 표정을 지으면서 카렌듈라는 이야기했다.

"즉, 당신이 만든 기계인형을, 그가 마음대로 조종할 수 있는 거예요."

멋지죠? 같은 말을 하는 카렌듈라를 소피는 그저 노려볼 뿐이었다.

"나는 사람들의 생활을 충실하게 만들기 위해 기계인형을 제작한 거예요."

이런 걸 위해서 기계인형을 만든 게 아니다.

"저와 이상은 같네요. 소피 씨."

키득 웃는 카렌듈라. 짓고 있는 미소는 어딘가 소피를 깔보는 것처럼도 보였다.

"그래서 저도 기물을 써서 격차 없는 사회를 만드는 걸 목표로 하고 있는 거예요."

두 사람이 이야기하는 동안에도, 라울의 의지에 따라서 기계인형은 회장을 걸었다.

카렌듈라가 시선을 보냈을 때, 기계인형은 마침 양손의 무기를 들고 자세를 잡고 있었다. 총구가 향한 곳에는 다른 기업이 준비한 기계인형이 하나.

"그런데, 소피 씨. 분쟁을 없애기 위한 가장 쉽고 빠른 방법이 뭐라고 생각하나요?"

그리고 카렌듈라는 소피의 답을 기다리지 않고, 말했다.

"무기를 가진 인간을 한 명도 남기지 않고 이 세상에서 없애버리는 거예요."

마치 그 순간을 고대하고 있었던 것만 같았다.

벼락이 떨어진 것 같은 소리가 충격과 함께 울려 퍼졌다. 그 자리의 누구보다도 빠르게 그것이 총성이라는 사실을 깨달은 것은 소피였다. 완성에 이르기까지 수없이 사격 테스트를 했기 때문에 익숙해져 있었다. 그리고 그렇기에 누구보다도 빠르게 고개를 들고 절망했다.

자신이 만든 기계인형의 손에서 발사된 탄환이, 전시되어 있던 기계인형의 목을 쏘아 떨어뜨리고 있었다.

"어…… 아, 어라……?"

그 자리에 있던 모두가 여전히 사태를 이해하지 못하고 허둥대는 가운데, 라울이 당황으로 가득한 목소리를 냈다.

아직도 소피의 기계인형은 다른 기계인형에 조준을 맞추고 있었다.

"저, 저기…… 카렌듈라 님. 이럴 때, 어떻게 멈춰야 하는지……."

라울은 종이를 만지며 물었다.

떨어지지 않는다.

자신에게 붙인 것도 기계인형에 붙인 것도.

"멈춰?"

글쎄? 하고 시치미를 떼고 고개를 갸웃거리면서 카렌듈라는 답했다.

"당신 자신의 의지인데 어째서 멈춰야 하나요?"

그 힘은 당신이 바란 거잖아요?

키득 웃은 카렌듈라는 지금까지 짓고 있던 꾸며낸 듯한 미소와는 완전히 다르게, 기분 좋게 웃고 있었다.

그리고 다시 총성이 울렸다.

고통스럽고, 괴롭다. 구해주었으면 좋겠다.

그 자리에서 무너져내린 소피의 한탄은, 그 누구의 귀에도 닿지 않았다.

◇

"도망쳐! 총성이다!"

누군가가 소리친 그 말이 날카로운 비명에 삼켜졌다. 회장에 넘쳐나던 사람들이 사방팔방으로 도망쳤다.

어디에서 총성이 들렸는지는 명백.

회장 가장 안쪽.

그곳에 무엇이 있는지도, 우리는 알고 있었다.

"……아무리 그래도 이 전개는 상정 외이옵니다." "너무 빠르옵니다."

나와 양손을 잡고 있던 쿠로에와 시로나가 동시에 중얼거리더니, 들고 있던 짐 속에서 제각기 무기를 꺼냈다. 쿠로에는 어떤 것이든 튕겨내는 방패. 시로나는 강철도 부수는 망치. 만약에 대비해 들고 온 기물이다.

"그러니까 이 전개는 두 사람의 지인이 상상 이상으로 잘못된 길로 갔다, 라고 해석해도 될까요?"

사람들이 도망치는 흐름을 거슬러, 먼 곳을 바라보는 일레이나 씨.

그 너머에는 천천히 움직이며 총을 난사하는 커다란 기계인형의 모습이 있었다.

"설마 이런 곳에서 총을 난사하는 인간이 상대일 거라고는 생각하지 못했네요."

분명 상정 외라고 할 수 있겠네요, 하고 한숨을 내쉬는 일레이나 씨.

"어쩌려나. 기계인형이 폭주하고 있을 뿐인지도 몰라."

일레이나 씨 옆에서 먼 곳을 바라보며 냉정하게 이야기하는 리리엘 씨. 참고로 키가 작아서 의자 위에 올라가서 관찰하고 있었다. 행동이 예의 바르지 못하네요.

"기계인형 바로 옆에서 허둥대는 남자가 있어. 아마도 사고로 폭주해버린 게 아닐까?"

"어느 쪽이든 전투는 피할 수 없게 되었다는 건가요?"

"그런 셈이겠네."

두 사람은 담담히 이야기를 나누고 있었지만, 그 뒷모습에서는 "가까이 가기 싫다……"라는 속마음이 훤히 보이는 것만 같았다. 그리고 그런 대화 사이사이에도 총성이 회장 안쪽에서 울렸고, 도망치는 사람들의 목소리는 서서히 멀어져 갔다.

그러나 그런 위기 상황에서도 나는 매우 냉정했다.

"쿠로에, 시로나, 두 사람이 싸울 필요는 없어!"

에헴, 하고 가슴을 펴는 나.

고개를 갸웃거리는 두 사람에게 나는 무기를 들어 보였다. 만약을 위해 준비한 기물 중 하나. 반드시 맞는 부메랑.

"내가 기물로 기계인형을 퇴치할 테니까. 안심해."

지금은 싸움에 익숙한 어른인 내가 앞장서서 두 사람을 지켜야 하리라. 골동품점 리리엘에서 일한 지 몇 개월. 크고 작은 수라장을 지나온 내게 있어 멀리서 총을 난사하는 인형 따위는 두려워할 것이 못 되었다.

"뭐, 보고 있어."

나는 자세를 잡고, 그리고 있는 힘껏 휘둘러.

"으라차!"

던졌다. 엄청난 회전과 함께 허공을 가르면서 부메랑이 기계인형 쪽으로 빨려 들어가더니 머리에 직격했다.

그리고 부서졌다.

부메랑 쪽이.

"…………."

내 힘에 버티지 못한 것인지, 아니면 기계인형의 강도에 진 것인지는 잘 알 수 없지만, 그대로 부서진 부메랑은 회장 바닥에 데굴 하고 뒹굴었다. 정말이지 의욕 없는 녀석이다.

"소용없는 모양이옵니다." "옵니다."

이런이런 하고 고개를 젓는 쌍둥이 옆에서 나는 낙담했다.

이럴 리가 없는데…….

덤으로 기계인형 쪽도 마치 내 일격 따위는 아무 영향도 없었던 것처럼 태연하게 있는 것도 화가 났다. 여전히 총을 난사하고 있다. 조금쯤은 마음에 담아줘도 좋지 않을까?

"정말이지, 어쩔 수 없네요……."

내 실패를 지켜본 다음 기물을 꺼낸 것은 일레이나 씨.

그녀는 화살이 떨어지지 않는 활을 들고 있었다.

"눈에는 눈. 무기에는 무기. 역시 지금은 활과 화살로 공격해야겠죠."

"활을 쓸 줄 아세요?"

"나름대로는."

내게 답한 일레이나 씨의 시선은 기계인형에 집중되어 있었다.

진지 그 자체.

그리고 그녀가 시위를 당기고, 쏘았다. 화살은 총탄 속을 곧장

뚫고 나아가, 기계인형의 머리에 직격했다.

카앙, 하고 가벼운 소리가 울려 퍼졌다.

기계인형이 한순간 이쪽을 바라보았다. "응? 지금 뭔가 부딪혔나요?" 같은 대사가 들려올 것만 같은 얼굴을 하고 있는 느낌이었다.

연속해서 일레이나 씨는 화살을 쏘았다. 아마도 열받은 것이리라.

카앙, 다시 가벼운 소리가 울렸다.

그러나 역시 기물. 이름 그대로 화살이 떨어지는 일 없는 활을 이용해서 일레이나 씨는 계속해서 몇 번이고 활을 당겼다. 몇 번이고 몇 번이고 머리에 맞았고, 카앙 하는 가벼운 소리가 울렸다. 이윽고 일레이나 씨는 활을 던져버렸다.

"틀렸나 보네요."

부메랑도 활도 도움이 안 된다는 사실이 판명된 순간이었다. 기계인형은 단단했고, 파괴하기 위해서는 어느 정도 강한 힘으로 내려칠 수밖에 없는 모양이었다.

쿠로에와 시로나 두 사람도, 우리의 모습을 보고 같은 결론에 다다른 듯했다.

두 사람은 우리 앞으로 나섰다.

"고맙사옵니다." "이제부터는 저희 차례이옵니다."

두 사람은 정중하게 우리에게 감사 인사를 한 다음, 고개를 들었다.

만난 그 순간부터 그다지 달라지지 않은 얼굴에는 희미한 미소가 떠올라 있었다.

괜찮겠어? 위험한데.

한 걸음 내디디며 말하려던 때, 두 사람은 고개를 저었다.

"저희는 만들어진 물건. 직접 공격을 한다면 살아 있는 여러분보다 저희가 적격이옵니다." "원래 이건 저희의 일이옵니다."

그러니까 괜찮습니다.

두 사람은 말하면서 우리에게 손을 흔들고, 재빠르게 화장 안쪽으로 걸어가기 시작했다.

총격 속으로 뛰어들듯이.

우리가 말리려 하는 것을 피하듯이.

분명 적격일 테고, 기계인형과 싸우는 것도 감안해서 줄곧 행동했을 테지만.

"여기까지 온 이상 마지막까지 돕고 싶겠지."

내 속마음을 꿰뚫어 본 것처럼, 작은 여자아이의 모습이 된 리리엘 씨가 중얼거렸다.

"우리는 인형을 바라보기 위해 오늘 여기에 온 게 아냐──."

……라고 생각하고 있지?

리리엘 씨는 내 마음을 들여다본 것처럼 그렇게 물었다.

"아시는 건가요?"

"이런 때 네가 생각할 만한 건."

키득 웃음 짓는 리리엘 씨.

그렇다면 내가 무얼 하고 싶은지도 분명 이해하고 있을 테지요.

"다른 기물이 있나요?"

"없는 건 아니지만."

끄덕이면서 그녀는 가방에 손을 넣었다.

"쓸 땐 약간의 대가는 각오해줘."

편리한 힘에는 대가가 따르는 법이니까.

리리엘 씨는 그리 말하면서 내 손을 잡았다.

회장에서 폭주하는 기계인형은 아무래도 동류—— 즉, 인형과 기계인형을 부수고 다니는 듯했다. 마치 방해꾼을 없애버리겠다는 듯이, 혹은 회장에서 가장 눈에 띄려는 듯이.

인형을 모조리 없애간다.

"머, 멈춰줘……! 부탁이야……! 아아, 아아아……."

소리치는 남자를 무시하고서 기계인형은 양손을 눈앞으로 들어 올렸다. 조준을 맞춘 곳에는 작은 사람 그림자가 하나. 방패가 있었다.

어떤 공격이든 막아주는 방패 기물.

효과는 확실했다. 비처럼 쏟아지는 총격의 뒤에서, 태연하게 있을 수 있을 만큼.

설령 아무리 다가간다 해도.

"——영차."

설령 바닥을 차고 기계인형의 머리 위를 향해 뛰어오른다 해도, 총격이 방패를 뚫는 일은 없다.

기계인형은 그런 방패를 반사적으로 계속 쏘았다.

양손을 위로 들어 올리는 모습은 옆에서 보면 빈틈투성이였다.

분명 달려드는 인형은 하나밖에 없다고 믿고 있던 것이리라.

망치가 머리에 파고든 그 순간까지.

"바보이옵니다."

머리 위를 향해 총을 난사하고 있던 기계인형의 머리에 시로나가 망치를 내려쳤다.

방패를 들고서 정면에서 접근한 쿠로에. 그리고 기계인형의 시선이 돌아간 순간을 노려 보이지 않는 곳에서 뛰쳐나온 시로나.

물 흐르는 듯한 화려한 연계였다.

회장을 뒤덮고 있던 총성이 그 순간 처음으로 멈췄다.

위를 본 채로 양손을 축 늘어뜨린 기계인형. 그 위에 추가 타를 날리듯이 방패째 낙하한 쿠로에의 공격에 기계인형은 큰 소리를 내면서 쓰러졌다.

상대가 인간이었다면 거기서 끝났을 터.

그러나.

"——어?"

기계인형은 다시 일어났다.

머리가 깨져 있었다. 그러나 그뿐. 아무렇지 않은 모습으로 기계인형은 나란히 선 두 사람을 향해서 양손—— 총을 겨누었다.

분명 두 사람은 놀랐으리라고 생각한다.

머리를 꿰뚫릴 뻔한 그 순간.

옆에서 뻗어온 채찍이 기계인형의 양손을 빙글 감아 붙들더니, 그대로 잡아당겨 팔을 빼버렸으니까.

무기를 잃은 기계인형은 이번에야말로 소리를 내면서 쓰러졌다.

"두 사람 다 괜찮아?"

빼앗은 양팔을 내던지면서 나는 두 사람에게 말을 걸었다.

놀란 얼굴을 한 두 사람이 나를 보았다.

"……맥밀리아 님이었사옵니까?" "어떻게 한 것이옵니까?"

채찍 하나로 잡아당겨 떼어낼 수 있을 만큼 기계인형의 팔이 연약하게 만들어졌을 리 없다. 두 사람은 이상하다는 듯이 나를 바라보면서 고개를 갸웃거렸다.

나는 에헴 하고 가슴을 폈다.

"골동품점은 의뢰를 받으면 마지막까지 처리하는 게 일입니다."

그리고 들어 보인 손에는 반지가 끼워져 있었다.

신체 능력을 높여주는 반지. 이전에 리리엘 씨가 꼈던 것이다.

우리는 그저 바라보기 위해 오늘 여기 온 것이 아니다.

"……너희, 들."

쓰러진 기계인형의 저편.

지면에 주저앉아 있던 금발의 여성이 쿠로에와 시로나를 바라보고 있었다. 분명 그녀가 소피 씨이리라.

"찾았사옵니다." "그렇사옵니다."

쌍둥이는 얼굴을 마주 보더니, 기계인형을 피해서 그녀 곁으로 다가갔다. 그런 두 사람을 보는 소피 씨의 얼굴에는 당혹감이 떠오를 뿐이었다.

"너희…… 어떻게, 움직이는 거야……?"

평범한 인형일 텐데?

움직일 수 있을 리 없다.

기도라도 걸리지 않는 한.

누군가가 기도하지 않는 한.

그러나 소피 씨가 대성당에서 기도를 바친 적은 없다.

"저희는 소피를 구하기 위해 왔사옵니다.""그게 저희에게 담긴 기도이옵니다."

그리고 쌍둥이는 소피 씨 앞에서 천천히 허리를 낮추었다.

의식을 부여받았을 때, 두 사람은 분명 아주 곤란했을 거라고 생각한다.

기도가 바쳐진 후로 몇 년이나 되는 시간이 흘렀으니까.

두 사람에게 기도를 바친 본인이 이미 죽고 없었으니까.

◆

쿠로에와 시로나가, 처음 본 것은 10대 여자아이였다.

이름은 헬리카. 차분한 소녀였다.

손재주만이 자랑이라, 한가할 때 우연히 제작한 것이 쌍둥이 인형이었다. 각각 쿠로에 시로나라고 이름 붙이고, 자신의 친구로 삼아 생활을 함께했다.

고독을 잊을 유일한 방법이 인형 제작. 헬리카는 점점 인형 제작에 빠져들었다. 매일 묵묵히 인형과 마주하는 그녀의 모습을 쌍둥이 인형은 언제나 지켜보았다.

이윽고 시간은 흘러 헬리카가 10대 후반이 되었을 때, 한 남성을 집으로 데려왔다. 대화 내용을 통해 쌍둥이는 그 남성이 그녀의 재능에 강하게 이끌린 기업가라는 것을 알았다. 쌍둥이의 눈으로 보아도 두 사람은 잘 어울렸다.

얼마 후 헬리카는 남자와 함께 인형 제작 일을 하게 되었다. 매일 즐겁게 인형을 만드는 날들. 빛에 감싸인 듯 따뜻한 날들이었다.

쌍둥이는 그런 날들이 영원히 계속되기를 방 한쪽에서 계속 기도했다. 기도는 닿지 않았다.

두 사람의 행복은 고작 몇 개월 만에 끝을 고했다.

남자는 사기꾼이었다.

회사를 세울 때 빌린 돈의 대부분이 사라졌다. 마치 처음부터 존재하지 않았던 것처럼. 후에 남겨진 것은 큰 빚과 뱃속에 깃든 새로운 생명뿐이었다.

그 무렵부터 헬리카는 자주 두 사람에게 말을 걸게 되었다.

나한테는 어울리지 않는 행복이었다. 혼자서 묵묵히 해나가는 편이 성격에 맞는다. 헬리카는 눈물을 흘리며 밤마다 계속해 이야기했다.

두 사람은 당장에라도 움직여서 안아주고 싶었다. 그런 남자는 잊어버리라고 소리치고 싶었다.

그러나 아무런 기도도 주어지지 않은 두 사람은, 말은커녕 고개를 끄덕이는 것조차 할 수 없었다. 흐르는 눈물을 앞에 두고 고개를 숙이고 있을 뿐이었다.

이윽고 그녀는 아이를 낳았다.

건강한 여자아이.

소피라고 이름 지었다.

떠안은 빚을 갚기 위해 그녀는 아이를 키우는 한편으로 인형 제작을 계속했다. 정신없이 바쁜 날들. 일 도구가 온 집안 여기저기에 놓여 있었다.

그래서 어릴 때부터 소피 옆에는 인형이 있었다.

가사와 일 사이사이에 틈을 내서 그녀는 소피와 놀았다. 그 대신에 수면 시간이 극단적으로 줄었다.

그러나 놀아준다고 해도 하루의 대부분은 일과 마주하고 있었다.

"소피, 미안하구나. 엄마는 지금 일하는 중이니까. 저쪽에서 놀렴."

소피가 철이 들 무렵부터, 두 사람 사이에 골이 생기기 시작했다.

그리고 메워지는 일 없이, 성장할수록 소피는 어머니와 이야기하지 않게 되어갔다.

마지막으로 이야기한 것은 소피가 집을 나가기 직전. 소피의 옆에 수상한 남자의 그림자가 있다는 것은 눈치채고 있었다. 하지만 헬리카가 소피를 말리기에는 평소 너무나도 대화가 적었다.

결국 그렇게 떠올리기도 싫을 만큼 슬픈 대화를 나눈 후, 소피는 집을 나갔다.

그날 밤에 헬리카는 대성당으로 향했다.

"제발 부탁드립니다── 제 소원을 들어주세요."

인형 두 개를 데리고 향한 그녀는, 기도를 올렸다.

"부디, 잘못된 길을 가지 않도록──."

사랑하는 딸 소피가 자신과 같은 길을 걷지 않도록.

혹여 잘못된 길을 걷게 되었을 때, 두 인형이 도와줄 수 있도록.

"정말이지…… 부모한테 심한 말을 하는 아이라니까."

쿠로에와 시로나에게 부여된 기도는, 말을 정확하게 전하는 것.

잘못된 길을 가게 되었을 때 손을 뻗어주는 것.

그래서 헬리카의 말을── 만난 순간부터 지금에 이르기까지의 일을 전부 정확하게 기억하고 있었다.

가장 먼저 떠오른 것은 대성당에서 기도를 올린 다음 날의 일이었다.

"너희도 그렇게 생각하지? 쿠로에, 시로나."

기도를 바친 대성당에서 희푸른 빛이 반짝였을 때, 헬리카는 자신의 인형에 기도가 바쳐졌다고 확신했다.

즐거워하며 인형에게 말을 거는 헬리카의 모습은, 딸에게 전해야 할 메시지를 두 사람에게 남기고 있는 것만 같았다.

그래서 놓치지 일이 없도록 두 사람은 조용히 귀를 기울였다.

"하지만 괜찮아. 잘 알고 있어. 네가 진심으로 한 말이 아니라는 것쯤은."

멀리 떨어져 있어도, 시간이 흘러도, 헬리카가 소피를 생각하는 마음은 변함없었다.

"나도 조금 말이 지나쳤어. 미안해. 그저, 나처럼 되지 않길 바랐을 뿐이야. 멍청한 남자한테 속아서 불행해지는, 그런 인생을 걷지 않길 바랐을 뿐이야."

곁에서 그저 침묵하고 있는 두 인형을 바라보며 헬리카는 부드러운 표정을 지었다. 딸이 지금 어디서 무얼 하고 있는지도, 헬리카는 모른다.

"저기, 소피."

병으로 쓰러진 후에도 변함없이.

헬리카는 계속해서 말했다.

"너무 무리하지 마."

편안한 얼굴로, 계속해서 말했다.

"나쁜 점까지, 나를 닮지 않아도 돼."

헬리카가 했던 모든 말을 시로나와 쿠로에는 정확하게 전했다. 전했다고 해서 모두 정확하게 소피가 이해할 수 있을지 어떨지는 자신이 없었다.

고개를 숙이고, 떨고 있는 소피는 오열할 뿐, 제대로 이야기를 들을 만한 상태로는 보이지 않았다. 어깨에 손을 올리고 쿠로에는 괜찮사옵니까? 하고 물었다.

고개를 든 소피는 작은 어린아이처럼 흐느껴 울고 있었다.

생각나는 것은 줄곧 바라보았던 어머니의 뒷모습.

어린 시절엔 일만 하고 제대로 눈도 맞춰주지 않는 차가운 부모라고 생각했었다. 그러나 집을 나온 지금에 이르러 생각나는 것은, 딸을 위해 일에 몰두하는 한 부모의 모습.

그 사이사이 때때로 이쪽을 돌아보며 웃어 보이는 어머니의 모습.

마주하려 하지 않았던 것은 자기 자신.

그 사실을 깨달았을 땐 두 번 다시 만날 수 없게 되어 있었다. 잘못된 길에 들어서 있었다.

"엄마는——."

넘쳐흐르는 눈물을 더러워진 양손 소매로 닦으며 소피는 물었다.

"엄마는, 마지막에, 어떤 얼굴을 하고 있었어……?"

쿠로에와 시로나는 서로 얼굴을 마주 보았다.

애써 떠올릴 것까지도 없었다.

"평소와 다름없는 얼굴을 사고 있었사옵니다."

"온화하고 아름다운 얼굴을 하고 있었사옵니다."

10대 어린아이였을 때처럼—— 완성된 직후의 시로나와 쿠로에를 바라보던 때처럼 순수하고 맑은 눈을 한 헬리카의 모습. 그녀 안에 걱정거리 같은 건 아무것도 없었다.

마지막까지, 헬리카는 딸의 안위를 걱정했다.

동시에 딸의 안전을 확신했다.

병상 옆.

계속해서 이야기하는 헬리카 옆에서, 두 사람이 침묵하고 있다는 것은.

헬리카가 마지막을 맞이할 때까지, 소피가 잘못된 길로 들어서는 일 없이 지내고 있다는 증거나 다름없었으니까.

◇

인형 박람회에서 일어난 사건은 당연하게도 얼마 동안 신문의 일면을 크게 장식했다.

성능 좋은 기계인형을 만들어 유명해지고 싶었던 그들로서는 이토록 아이러니한 이야기도 없을 것이다.

5년에 한 번 열리는 제전에서 갑작스러운 폭주.

애초에 기계인형에 무기를 장착했다는 것이 문제시되었고, 거기에서 연쇄적으로 소피가 재적하고 있던 회사의 사장인 라울의 악행이 낱낱이 드러났다.

아무래도 재료비를 속이거나, 소재 불명인 수상한 기물을 사용하거나. 그리고 그 외에도 횡령과 직장 내 괴롭힘 같은 온갖 악행이 모조리 쏟아져 나왔고, 당연하게도 체포되었다. 한동안은 평화와는 거리가 먼 감옥 안에서 살게 될 것 같았다.

모든 악의 근원이었다고 할 수 있는 남자가 감옥에 들어가게 되면서 사태는 겨우 진정이 되었고, 사건으로부터 일주일이 지난 지금은 신문을 살펴보아도 인형 박람회 기사는 찾을 수 없었다.

"드디어 평화로워졌네."

헤드라인은 특별할 것 없는 뉴스로 넘쳐나고 있었다.

지면을 장식하고 있는 화제 속에서 인형에 관한 내용을 찾아보려 해도, 눈에 띄는 것은 '유명 경영자가 갑작스레 출두. 과거 결혼 사기를 벌인 일을 자백' 같은 인형과는 전혀 관계가 없어 보이는 것뿐이었다. 아무래도 인형이 목숨을 노리고 있으니 감옥 안에 넣어서 보호해 달라고 유명 경영자인지 뭔지가 보안국에 부탁해 왔다는 모양이다.

"하하하 인형이 사람을 덮치다니." "이상한 말을 하는 사람도 있사옵니다."

내 양옆에 앉은 쌍둥이가 신문 기사를 들여다보며 웃었다.

아니…….

눈이 웃고 있지 않은 것처럼 보이는데…….

나는 고개를 들어 주변으로 시선을 보냈다. 신문을 읽는 동안에도 준비가 진행되고 있었나 보다. 늘어놓아진 의자는 차례차례 채워졌고, 여기저기에 기자가 앉아서 메모장과 카메라를 들고 대기하고 있었다.

"이제 곧 시작할 거야."

근처 자리에서 리리엘 씨가 내게 말을 걸어왔다. 눈에 익은 어른 모습으로 돌아온 그녀는 온화한 안색으로 단상을 바라보고 있었다.

거기에는 하얀 천으로 덮인 기계인형이 하나.

사건으로부터 일주일이 지난 지금, 라울 아래에서 일하던 기술자의 새로운 기계인형 발표회가 교외의 한 저택에서 진행되고 있었다.

우리는 그 주최자에게 초대되어 찾아온 손님.

"오래 기다리셨습니다."

이윽고 주최자인 소피 씨가 천천히 나타났다. 그녀는 하얀 천 옆에 서서 심호흡을 한 번 하고서 천천히 취재진과 우리를 향해서 고개를 숙였다.

"지난번엔 큰 소동을 일으켰습니다. 진심으로 사죄드립니다──."

기술자인 그녀도 역시 라울에게 이용당했다는 것은 주지의 사실이었고, 그녀에 대한 동정의 목소리도 많았다. 그러나 관련된 한 사람으로서 책임을 느끼고 있는 모양이었다.

우리와 취재진에게 보내진 초대장에도 사죄의 말이 정성스럽게 적혀 있었다.

"제가 정말로 만들고 싶었던 것을, 부디 봐주십시오."

사람을 상처 입히는 그런 것이 아니라, 사람을 돕는 기계인형. 그게 본래 목표하던 것이라고, 그녀는 하얀 천에 손을 대며 부드럽게 말했다.

분명 악인에게 재능을 이용당했지만, 그녀 자신에게는 뛰어난 실력과 강한 신념이 있었던 것이리라.

천천히 그녀가 팔을 당기고 드러난 것은 고작 일주일 동안 준비했다고는 생각되지 않을 만큼 정교한 기계인형.

의자에 앉은 한 여성의 모습을 본뜬 것이었다.

"이쪽 기계인형의 기능을 설명드리겠습니다──."

부드럽게 말을 건네는 그녀를 바라보면서, 나는 신문지를 접었다.

떠오른 것은 일주일 전.

사건 직후의 일이었다.

"끝났나 보네요."

내 뒤에서 불쑥 모습을 드러낸 것은 일레이나 씨. 그리고 리리엘 씨.

총을 난사했던 기계인형은 양팔을 잃고 쓰러져 있었다. 그 바로 뒤에서 쿠로에와 시로나, 두 사람을 끌어안고 있는 소피 씨.

모든 것이 끝났다는 것은 일목요연했다.

"역시."

자랑하는 듯한 얼굴로 리리엘 씨는 쓰러진 기계인형을 바라보고 있었다.

정말이라니까요, 하고 나는 고개를 끄덕였다.

"채찍도 반지도 역시 대단한 성능이었습니다."

"지금 건 너한테 한 말이야."

바보, 하고 나를 작은 손으로 톡 때리는 리리엘 씨.

"너를 믿길 잘했어. 고마워."

"그것참, 그 정도까지는."

"참고로 내일은 쉬는 걸로 해."

"역시 어린아이 모습이 계속될 것 같은 느낌인가요?"

"아니, 그게 아니라."

리리엘 씨는 내 손을 가리켰다.

"그거, 쓰면 하루는 못 움직이게 되니까."

"…………."

나는 시선을 떨어뜨렸다. 끼워져 있는 것은 신체 능력을 끌어올리는 반지. 쓰면 몸은 인간의 힘을 간단히 뛰어넘게 되지만, 대신에 큰 반동이 반드시 찾아온다.

그런 효과의 기물.

그렇다고는 해도 한 번 채찍을 휘둘렀을 뿐인데…….

"……근육통, 심한가요?"

"장 볼 게 있으면 오늘 중에 끝내놓도록 해."

장을 보러 나갈 수 없게 될 테니까, 라며 리리엘 씨는 짓궂게 웃었다. 정말이지 경험자다운 조언이다.

"뭐, 편리한 기물에는 대가가 따르는 법이니까요…….."

"과한 걸 바라면 그만큼의 대가를 요구받는다. 당연한 이야 기지."

그녀는 말했다.

"기도도 처음에는 어찌해도 기도에 의지할 수밖에 없는 상황을 위해 만들어진 거야. 안이하게 기도를 바치는 일이 생겨버리니까 골동품점 창고가 꽉꽉 차는 거지."

"악순환이네요…….."

"하지만 안심했어."

"?"

고개를 갸웃거리며 나는 리리엘 씨를 내려다보았다.

그녀는 똑바로, 소피 씨와 두 사람을 바라보고 있었다. 기쁜 듯이, 눈부신 듯이.

"아직 대성당을 올바른 방법으로 쓰는 사람이 있어 줘서, 안심 해서."

아무리 애써도 손이 닿지 않을 때, 떨칠 수 없는 후회를 앞에 두었을 때, 마지막의 마지막에 헬리카 씨가 의지한 것이 기도였다.

그리고 바람은 닿아서, 지금, 의식을 부여받은 두 사람은 울고 있는 소피 씨를 끌어안고 있었다.

"잘못했어요……! 못된 딸이라, 죄송해요……!"

오열과 함께 소피 씨의 입에서 흘러나온 것은 후회의 말들. 그

녀는 울고 있었다. 어린아이처럼, 남들 시선을 개의치 않고 큰 목소리로.

"괜찮사옵니다." 쿠로에는 그런 그녀의 등을 다독였다.

"얼마든지 다시 시작할 수 있사옵니다." 시로나는 머리를 쓰다듬었다.

지금부터라도.

언제부터라도.

얼마든지 다시 시작할 수 있어――라고.

똑 닮은 생김새의 쌍둥이는 함께 말을 걸었다.

마치 딸을 지켜보는 어머니 같은 애정 가득한 표정을 지으면서.

소피 씨가 최신 기계인형을 설명하는 중에 당시의 일을 떠올린 것은, 분명 지금의 그녀가 그야말로 그때와 같은 얼굴을 하고 있었기 때문이라고 생각한다.

"――봐주십시오."

태엽을 감아 기계인형을 움직이게 했다.

의자에 앉은 기계인형은 단순한 가사를 해낼 수 있다고 한다.

예를 들면 목도리를 짜거나, 예를 들면 청소를 하거나―― 간단한 일을 대신할 수 있다고 한다.

"하루의 반복 속에서 생활에 약간의 도움을 준다. 그것이 제가 목표한 기계인형입니다."

힘든 매일이 아주 조금 편해진다. 그저 그것만으로도 충분히 의의가 있다. 그녀는 부드럽게 말했다.

한바탕 설명이 끝났을 때 한 기자가 손을 들었다.

"그 기계인형, 이름은 정해졌나요?"

무난한 질문.

소피 씨는 고개를 끄덕였다.

"물론입니다."

아름다운 기계인형의 어깨에 살며시 손을 올리고, 그녀는 이어서 말했다.

멀어지고도 여전히, 그녀를 계속해서 지켜주고 있었던, 사랑하는 단 한 사람의 이름을.

제 8 장

골동품점 리리엘은 내 가게.

오래전부터 나 혼자서 꾸려오던 골동품점. 기물을 모으고, 기물을 팔고, 그러나 대부분은 기물 탓에 짜증이 나 있어서 화를 내거나 슬퍼하거나 하고, 그리고 극히 일부의 사람들에게만 감사를 받는다. 큰길에 있지만 누구의 시야에도 들어가지 못한다. 있는지 없는지도 모른다. 그런 가게.

오래전부터 그랬다.

가게 안쪽 책상에서 보이는 풍경은 언제나 아주 조용했다.

"리리엘 씨, 리리엘 씨! 이것 좀 보세요!"

시끌벅적하다고 느끼게 된 것은, 몇 개월 전부터. 어떤 인연으로 맥밀리아가 내 가게에서 일하게 되고부터였다.

생각해보면 당시부터 손님의 출입이 늘어난 것 같다.

"그것참 정말로 잘 만들어졌네요……."

뽐내는 표정을 짓고 있는 일레이나. 찾아오는 손님이 대폭으로 늘어난 것은 그녀 덕분이기도 하다.

두 사람이 내 책상 반대편에서 내민 것은 대량의 사진이었다.

"……이게 뭐야?"

나, 사진의 좋고 나쁨 같은 건 잘 모르는데…… 항간의 유행에도 둔하고.

그런 생각을 하며 미간을 좁히면서 손에 든 사진은, 언뜻 본 순간 "사진……?" 하고 고개를 갸우뚱거릴 법한 물건이었다.

작은 네모난 종이 속.

『안녕하시옵니까.』『예이이옵니다.』

쿠로에와 시로나. 두 사람의 인형이 이쪽을 향해서 손을 흔들며 말하고 있었다.

『저희, 실은 최근에 근처 레스토랑에서 일하게 되었사옵니다.』『와주시면 서비스를 드리겠사옵니다.』

귀여운 유니폼 차림을 자랑하듯이 두 사람은 그 자리에서 빙글 돌았다.

사진인데 움직이고 말한다고?

"후후후, 이거 어떤가요? 얼마 전에 거리를 탐색하다가 제가 발견한 기물이에요."

에헴 하고 가슴을 펴는 맥밀리아.

한 장을 넘기자 또 다른 사진이 나타났다.

『아, 안녕하세요……? 저기, 맥밀리아. 이거면 될까?』

최근 들어 종종 우리 가게에 오는 프레이아다.

『좋아! 귀여워! 최고!』

『에헤헤…….』

아마도 카메라를 들고 있을 터인 맥밀리아와의 대화까지도 분명하게 사진에서 들려왔다.

이건 대체……?

"찍은 사진이 움직이고 말하게 되는 카메라, 인 것 같습니다."

고개를 갸웃거리는 내게 일레이나가 설명했다.

"그 반응을 보니 리리엘 씨도 몰랐나 보네요."

부끄럽지만 그 말대로였다.

"이런 게 있었구나……."

한숨이 나오고 말았다.

이 나라에서 산 지도 오래되었다.

기물에 관해서라면 다 안다고 여기고 있었기 때문에—— 나도 전혀 상상하지 못한 기물 같은 게 나타나는 일은 이제 없으리라고 하는 교만과도 닮은 생각이 마음속 어딘가에 있었을지도 모른다.

한 장 넘길 때마다 새로운 사진이 내 앞에 나타난다.

『맥밀리아, 간다?』

이쪽을 향해 윙크한 다음 비눗방울을 하늘로 부는 리나벨.

『어, 어이! 보안국 사람을 도촬하지 마!』

얼굴을 새빨갛게 붉히며 카메라를 막으려 하는 앙리. 그 옆에서 즐겁게 웃는 한 여성.

우리 가게가 관여해온 사람들의 생생한 모습이 사진 속에 담겨 있었다.

"나, 얼마 전부터 생각했는데요."

맥밀리아는 나를 바라보고 있었다.

"리리엘 씨는, 사진을 싫어하잖아요? 하지만 계속 사진에 찍히지 않는 건 좀 쓸쓸한 것 같아요."

"쓸쓸하다고……?"

"쓸쓸해요. 나중에 떠올리고 싶은 일이 생겼을 때, 사진이 있는 편이 분명 좋을 게 당연하니까요."

"…………"

나중에 떠올리고 싶다.

적어도 혼자서 가게를 꾸려나가던 때는, 그런 식으로 적극적으로 생각한 적이 없었다. 그래서 그동안 사진도 찍지 않았다.

"리리엘 씨는 사진을 싫어하는 것 같은데, 이쪽이라면 괜찮지 않을까요? 셔터를 누르지 않아도, 이 카메라를 들고 있기만 해도 방금 본 것 같은 사진을 찍을 수 있어요!"

그런고로 사진을 찍죠!

흥분하며 맥밀리아는 말했다.

"…………"

정말이지.

한숨이 절로 나온다.

"그렇게나 나랑 사진을 찍고 싶은 거야?"

"찍고 싶어요!"

분명하게 곧바로 단언하는 맥밀리아.

분명 내가 무슨 말을 하든 찍히리라는 것은 불을 보듯 뻔했다.

"알았어. 그럼, 찍자."

그렇다면 억지로 찍히기보다도 적극적으로 카메라와 마주하는 편이 좋으리라. 나는 바로 자리에서 일어나 두 사람에게로 시선을 돌렸다.

"그 말을 기다렸습니다!"

만세! 하고 기뻐하며 맥밀리아는 삼각대를 가게 안쪽에 준비했다.

"…………."

예전엔 생각할 수 없는 일이었다.

내가 적극적으로 사진을 찍으려 하는 것도.

가게가 이렇게나 시끌벅적해지는 것도.

누군가와 가게에 있는 것을 기쁘게 느끼는 것도.

"응? 왜 그러시나요? 리리엘 씨."

어쩌면 이상한 표정을 짓고 있었는지도 모른다.

일레이나가 내 얼굴을 들여다보며 고개를 갸웃거리고 있었다.

"아니, 아무것도 아냐."

그래서 나는 고개를 젓고, 헛기침을 하고서, 표정을 다잡았다.

이런 얼굴, 사진으로 남아버리면 큰일이니까.

기도의 나라의
리리엘
Riviere
and the nation
of the prayer

후기

도내로 이사를 한 지 대략 1년 정도가 지났습니다.

역시 사람이 많으면 특이한 사람도 많은 법.

멍하니 신호를 기다리고 있을 때 자전거를 탄 형씨가 "축하드립니다" 하고 소리치는 걸 듣거나, 짐에서 처음 보는 사람에게 "저 기구를 써도 괜찮을까요?" 하고 허가를 요청받거나, 그리고 길을 걷고 있었더니 낯선 여성이 스쳐 지나가면서 과장된 제스처(가부키에서 자주 보는 포즈)를 하거나, 이래저래 그런 느낌으로 다양한 괴짜들과 만났습니다.

그러나 그렇다고 해도 저는 저대로 매일 고양이를 상대로 귀여운 목소리로 말을 걸거나, 등에 태워서 도킹 놀이 같은 것을 하며 방을 이리저리 배회하거나, 창밖을 바라보는 고양이 뒤에서 이상야릇한 움직임을 해 뒤를 돌아보게 하는 놀이를 하거나 하는 등, 이상한 언동은 끝이 없으니 피장파장일지도 모릅니다. 이상한 사람과 얽혔을 때, 자신도 역시 이상한 사람이 되어 있다고 니체도 말했던 것 같습니다.

여담입니다만 고양이가 창밖을 바라볼 때라는 건 필연적으로 커튼이 활짝 젖혀져 있고, 창밖에서 보면 그저 창가에서 이상한 움직임을 하고 있는 이상한 인간이기 때문에, 신고되는 것도 시간문제일지도 모릅니다.

신고당하는 일이 없기를 기도할 뿐.

기도라고 하니『기도의 나라의 리리엘』제2권을 사주셔서 감사드립니다! 여기서부터는 2권 내용에 관한 코멘트를 하려고 하니, 스포일러가 싫은 분이나 아직 읽지 않은 분은 뒤로 돌아가 주시길 바랍니다! 그럼 시작합니다.

● 제1장『골동품점 리리엘에 오신 것을 환영합니다』
이 권의 프롤로그적인 위치의 단편입니다. 은근슬쩍 프레이아 씨가 재등장하고 있습니다. 프레이아 씨 좋아. 덧없는 느낌의 여자가 좋아.

● 제2장『마음 비누』
리나벨 씨 중심의 이야기입니다. 편리한 것을 바라고 손에 넣으면, 충분히 다룰 수 있을 만큼의 지성도 마찬가지로 필요해지는 법이라고 생각합니다. 주변에 넘쳐나는 물건의 진보는 결코 인류 그 자체의 진보와 이퀄이 아닌 것 같다는 생각이 자꾸 듭니다.

● 제3장『잠들지 못하는 밤의 대처법』
몇 년 전 겸업을 하던 시절, 무리를 하기 위해 에너지 드링크를 벌컥벌컥 마시고, 수면 부족으로 배탈이 나서 정장제를 먹는다……라는 그런 생활을 했던 적이 있습니다만, 무리가 무리를 부르고 그 무리가 더 큰 무리를 부른다……라는 끝나지 않는 무리가 계속되니 절대 여러분은 흉내 내지 말도록!

● 제4장 『비밀스러운 파티』

완전히 코미디인 이야기로 특별히 이야기할 부분이 없습니다……. 문고판 쪽(5년 전에 낸 리부트 전의 리리엘)에서는 맥밀리아의 성별을 애매하게 썼었습니다만, 이쪽에서는 확실하게 여성으로 쓰고 있는지라 이런 류의 소재도 가능하게 되었습니다. 참으로 기쁩니다.

● 제5장 『최적의 거울 사용법』

일레이나 씨의 돈벌이 외전, 같은 이야기입니다. 참고로 『기도의 나라의 리리엘』 쪽 일레이나 씨는 『마녀의 여행』으로 말하자면 대략 3권에서 4권 사이의 일레이나 씨입니다.

● 제6장 『이상적인 이야기』

앙리 씨 메인인 이야기가 되었습니다. 플롯을 쓰는 단계에서는 사망자가 나오는 이야기가 되어 있었습니다만, 막상 다 쓰고 보니 아무도 죽지 않는 이야기가 되었습니다. 2장과 최종장도 그렇습니다만 『마녀의 여행』에서는 좀처럼 이런 이야기는 쓰지 못하기 때문에 상당히 신선했습니다.

● 제7장 『인형 박람회』

예의 쌍둥이의 첫 등장 편이로군요. 문고판 때부터 있던 캐릭터라 문고판을 이미 읽은 독자분들이 "예의 쌍둥이가 없어……?"라며 놀라셨는데, 노벨판으로 다시 출판하면서 리리엘 씨와 맥밀리아 씨 두 사람에게 초점을 맞추고 싶었기 때문에, 2권의 마무리에 등장하게 되었습니다.

●제8장『골동품점 리리엘에 오신 것을 환영합니다(재)』

2권의 에필로그적인 이야기입니다. 개인적으로는 쌍둥이의 존재도 있어서『기도의 나라의 리리엘』이라는 이야기는 1권과 2권을 묶어 하나의 권이라는, 그런 인상이 있습니다.

『기도의 나라의 리리엘』은 요소요소에서 이야기한 대로, 5년 전에 GA 문고에서 냈던『리리엘과 기도의 나라』의 리부트 작품으로 자리매김했습니다. 리부트라고 말하면서 설정부터 이것저것 하나부터 다 다시 쓴지라 캐릭터를 이어받은 다른 작품이라는 자리를 부여해도 괜찮을지 모르겠습니다. 개인적으로는『마녀의 여행』에서는 할 수 없을 법한 이야기뿐인지라 신선한 기분으로 쓰고 있습니다.

이러저러하여 2022년 4월도 지나『마녀의 여행』시리즈도 6주년. 제 작가 데뷔도 6주년. 여러 일들이 많았던 6년이었습니다.

『마녀의 여행』시리즈도 권수가 상당히 늘었습니다.

앞으로도『리리엘』시리즈를 포함해, 온갖 걸 다 해서 시리즈를 쭉쭉 고조시켜 나가려 하니, 응원해주신다면 기쁘겠습니다! 참고로 이미 발표되었으리라고 생각합니다만,『마녀의 여행 학원』도 앞서 말한 온갖 것 중 하나입니다.

이전부터 편집자님과 회의할 때마다 "하자! 드라마 CD 같은 느낌의 이야기! 『마녀의 여행』이나 그 이외의 전혀 관계없는 신작으로」라는 제안을 받고, 그때마다 "으응?(양고기를 한입 가득 물고서 고개를 갸웃거린다)"이라는 일을 해왔습니다만, 도쿄에 오고서 제가 안정되었을 타이밍에 "확실히 드라마 CD 같은 이야기를 소설로 만들 수 있으면 재밌겠는걸……"이라는 생각에 이르렀고, 신작 『나나가 저지르기 5초 전』의 기획이 시작되었습니다. 말을 전혀 듣지 않는 남자, 시라이시 죠우기.

이 기획이 시작됨과 동시에 "그럼 『마녀의 여행』 특전이라도 진행할까"라는 이야기가 되어, 『마녀의 여행 학원』도 마찬가지로 기획이 만들어졌습니다. 참고로 이때도 양고기를 먹었습니다. 모든 건 양고기 덕분. 양고기……

아마도 2023년 초쯤에 『마녀의 여행』 20권과 동시 발행으로 『나나가 저지르기 5초 전』이 발매. 『마녀의 여행 학원』은 그 동시 구입 특전 정도로 나오지 않을까 싶습니다. 내용은 완전히 양쪽 모두 『마녀의 여행』의 드라마 CD 같은 전편 코미디인 이야기가 될 예정입니다. 어디까지나 예정입니다. 예정!

아무튼 여러 가지 신기획도 진행되고 있습니다만, 그런 중에도 『기도의 나라의 리리엘』 역시 열심히 다음 내용을 쓰려고 하니, 부디 잘 부탁드립니다!

그런 연유로 『마녀의 여행』과 『기도의 나라의 리리엘』 등등, 앞으로도 함께 신나게 해나가 보죠!

『기도의 나라의 리리엘』 드라마 CD…… 내고 싶다……!

다른 이야기입니다만, 도내로 이사한 지 1년 넘게 지난 지금,

여러 요리에 도전하고 있습니다.

아직 초보 중의 초보인 요리뿐입니다만, 새로운 걸 할 수 있게 되는 건 즐거운 일이라고 느끼며 하루하루를 보내고 있습니다. 술과 맛술을 착각해서 쓰던 멍청한 작가는 이제 없다.

그리고 제 사적인 일입니다만, 2022년 4월부터는 일시적으로 전업 작가가 되었습니다.

딱히 『기도의 나라의 리리엘』을 포함한 신작 기획을 여러 가지 진행하게 되면서, 드디어 전업 작가가 되지 않으면 마감을 맞추지 못할 것 같기 때문이라는 사정……도 뭐 조금은 있기도 하고 없기도 합니다만, 개인적으로는 평생 전업 작가를 계속할 생각은 없고, 지금의 전업화도 어디까지나 일시적인 것이라 여기고 있습니다. 그러니 아마도 얼마 후엔 다시 회사원이 되어 있을지도 모릅니다. 예정이지만. 예정!

그런고로 이런저런 이야기를 했습니다만, 앞으로도 작가로서 계속해 나가는 한, 『기도의 나라의 리리엘』을 포함한 다양한 이야기를 써나가고 싶다고 생각합니다. 『기도의 나라의 리리엘』 2권 간행에 관여해주신 모든 분들, 독자 여러분께 감사드립니다. 고맙습니다!

그리고 앞으로도 응원을 부탁드립니다!

시라이시 죠우기였습니다.

그럼 3권에서 다시 만나 뵙겠습니다! ※현시점에서는 3권 예정은 미정이지만 꼭 내고 싶다는 강한 마음을 담아서.

[기도의 나라의 리리엘]

2024년 5월 15일 1판 1쇄 발행

저　　　　자	시라이시 죠우기
일 러 스 트	아즈루
옮 긴 이	이신
발 행 인	유재옥
이　　　　사	조병권
출판본부장	박광운
담 당 편 집	정영길
편 집 1 팀	박광운 최서영
편 집 2 팀	정영길 조찬희 박치우 정지원
편 집 3 팀	오준영 이소의 권진영
디자인랩팀	김보라 박민솔
디지털사업팀	박상섭 김지연 윤희진
라이츠사업팀	김정미 맹미영 이윤서
영업마케팅팀	최원석 박수진
물 류 팀	허석용 백철기
경영지원팀	최정연
인쇄제작처	㈜코리아피엔피
발 행 처	㈜소미미디어
등　　　　록	제2015-000008호
주　　　　소	서울시 마포구 토정로222, 403호 (신수동, 한국출판콘텐츠센터)
판매 및 마케팅	(070) 8822-2301

ISBN 979-11-384-1467-8
ISBN 979-11-384-1466-1 (세트)